사랑한 후에

조경선 소설집

청어

사랑한 후에

조경선 소설집

| 작가의 말 |

여기 나오는 주인공들은 나 자신이며 여러분 자신이기도 합니다.

이 소설 속의 주인공들은 서점을 하던 사람, 내 연인이던 남자가 의붓딸의 애인으로 변한 경우, 어머니의 상처 얘기, 성공을 쫓지만 선생님만으로 만족해야 했던 남자이야기, 대학을 나왔으나 본격적으로 IT 시대에 밀려서 허둥대다가 택배 일을 하는 보통의 사람들 이야기입니다. 하지만 그들도 나름의 꿈과 가치관을 갖고 열심히 살았습니다. 저나 여러분들 역시 변화무쌍한 환경을 살면서 예까지 왔습니다. 이번에 묶은 소설집은 부침이 많았던 시대에 우리가 어떻게 살았는지를 글로 그렸습니다. 바람에 털리고 꿈속에서 머뭇대다가 길을 헤매지만 결코 그들 나름의 삶이 헛되지 않았음도 입증했습니다.

글을 쓰는 사람은 혼자서도 잘 노는 사람입니다.

코로나에 갇히자 일상에 바쁘던 작가들은 이때다 싶었던지 요즘 부쩍 많은 작품집이 제집으로 배달됩니다. 저마다 혼자 잘 논 결과입니다. 저도 5년 만에 3번째 소설집을 내놓습니다. 이번 작품집은 벽을 보고 고민한 세월만큼 자랐다는 소리도 들었습니다만 글쎄요. 이 작품집이 머잖아서 제게 아쉬운 눈길을 보내면서 떠날 테죠. 석양을 등지고 도시로 가는 자식을 연상시키는 이 장면은 제게 기대와 아쉬움과 불안을 안겨 줄 테죠. 어디를 가든지 아들이 사람들의 사랑과 관심 속에서 잘 살기를 바라는 어미 맘처럼, 이 책도 독자의 사랑 속에 살기를 바랍니다. 더불어서 covid-19로 고통과 번뇌에 시달리는 사람들에게 위로가 되기를 바랍니다.

차분해진 창밖을 보면서
10월에
조경선

| 차례 |

존 레논,
김시습 되기

세상이 너무 자주 바뀐다.
꿈에 대한 퍼즐을 다 맞추기도 전에 또 다른 세상이 온다.
열린 세계가 정착하기도 전에 또 다른 것이 우리 앞에 당도
한다.

존 레논의 이메징 일부

사유재산이 없다고 상상해봐. 탐욕이나 굶주림도 없어.
인류의 형제애.
모든 사람들이 세상을 공평하게 나눈다고 상상해봐.

40살에 세상을 뜬 존 레논, 부인 오노 요꼬의 열정

내게도 열정 다한 사랑 하나, 바로 그녀를 만났다.
난데없이 택배기사가 된 나를 보고 그녀가 내게 힘을 주었다.
어머! 이게 누구야?

매월당 김시습

사람에게 절망을 느끼고 세상과 담을 쌓았던 매월당 김시습

매월당의 시 일부

종일 발길 닿는 대로 가노라니 산 하나 오르면 또 다른 산

존 레논, 김시습 되기

운전대를 좌회전으로 틀자 강한 햇살이 나를 쏘았다. 무성한 초록이 수상해 보이는 아침이다. 산자락과 맞닿은 개천 길 가로수의 푸름이야 행인의 일시적인 그늘 노릇을 하지만 때로는 그게 점령군처럼 보일 때가 있다. 햇빛에 반짝이는 거미줄과 거기에 걸려서 파닥이는 목숨 하나, 곤충의 날개가 보석처럼 반짝인다.

교육은 개인의 경쟁력이며 국가의 미래니라. 그렇게 알고 너는 서울 가서 열심히 공부해야 한다. 아버지의 논 판 돈으로 나는 경영대학을 졸업했다. 내가 대학을 졸업하고 얻은 첫 직장은 규모가 꽤 큰 건설 업체였다. 2년 동안 그 회사에 다니는 내내 해외수주 실적은 미미했고 내수 역시 불경기로 회사가 어려웠다. 급기야 회사가 구조조정에 들어갔다. 직장을 옮기면 되지 뭐! – 나는 꽃잎처럼 가벼운 마음으로 사표를 냈다. 생각보다 취직이 쉽지 않았다. 아버지께 더 이상 손을 내밀 수도 없었다. 하루살이 서울 생활이 힘들었다. 당분간이란 단서를 달고 거리로 나왔다. 취직이 곧 되겠지. 나는 대수롭잖게 생각하고 노가다 판에 발을 들여놓은 게 어언 2년이 지났다. 나는 그동안 주로 이삿짐센터 혹은 택배 일을 전전하면서 용돈을 벌었다. 그날도 벼룩시장을 뒤지다가 택배회사에 전화를 했다.

'이력서를 써가지고 한번 와 보세요.'

택배회사 사무실은 낡고 허름한 건물 5층에 세 들어 있었다. 하루 일당이 다른 택배회사보다 많다. 많다고 해 봤자 동기들이 들어간 재벌 기업에서 주는 월급의 1/3 수준이었다. 대학 때 단짝 친구였던 우택과의 임금격차의 체감온도는 1/50이었다. 아버지의 논을 팔아서 대학을 나온 것은 큰 계산 착오였다. 한국경제가 지난 50년간 땀 흘려 나라의 가치를 올린 것이 1이라면 땅으로 얻은 불로소득은 4였다. 논 팔아서 대학 다닌 것은 개인이나 국가적으로 경제적인 실패고 시간적으로도 큰 손해였다. 차라리 농사짓는 기술을 익혀서 땅도 지키고 땅에서 소득을 올리는 쪽으로 방향을 돌렸어야 했다. 대학졸업이 최선책이던 시대는 지났다. 고향에서 농사를 지었다면 아마 지금쯤 자리를 잡았을 것이다. 결혼도 해서 떡두꺼비 같은 자식을 두어 명 낳아 꽤 컸을 것이다. 땅값도 올라서 재산의 규모도 제법 될 것이다. 지금 나는 서울 생활에 지치고 뼛속에서 바람소리가 날 정도로 외롭다.

월남전에 참가했던 아버지는 지방 공무원으로 퇴직한 60대 후반의 당찬 남자였다. 역동의 시대를 건너 온 아버지는 뭐든지 아끼고 절약하며 자신감이 넘쳤다. 아버지는 당부했다. '타향에 살다보면 가끔 집이 그리워질 거야. 하지만 잘 견뎌

내야 한다. 독일어로는 하임베다. 네 마음에 새겨 두라고 되지도 않는 독일어를 하는 거야. 너도 다 알겠지만 우리가 알고 있는 노스탤지어는 프랑스어로 고향 병, 향수병 아니냐. 고향에 돌아갈 수 없기에 생긴 슬픔을 말하는데 그게 처음에는 언짢고 말지만 나중까지 네 밥벌이를 제대로 못하면 타국에 있는 것보다 더 슬플 거다. 아니면 고향에 오지 말랐다 해서 이 아비한테 앙심을 품을 수도 있어. 그렇게까지 가진 않겠지. 난 내 아들을 믿어 했다. 또 양이 안 차는 직장이라고 백수건달노릇 하다가 집으로 뽀르르 내려오는 건 더욱 더 용서할 수 없다. 사는 게 쉽지 않느니라. 집에 오려면 서울에서 자리 잡고 집에 와야 해.' 아버지의 당부가 아니더라도 나는 집에 가고 싶어도 갈 수가 없다. 무슨 면목으로 집에 가겠어.

새로 들어간 택배회사에서는 배송에 문제가 생기면 물건을 배달한 사람이 책임을 져야 했다. 하루에 밥 두 끼는 본인의 돈으로 해결하고 회사에서는 하루 기름 값으로 3만 원이 나왔다. 그 돈으로는 어림없다. 하루 기름 값으로 내 돈 2만 원이 나가는 것도 경험으로 알고 있다. 그렇다고 놀 수도 없다. 앞날을 위해서 학원에 다니고 책을 사고 소주 한 병을 사 먹더라도 돈이 필요했다. 아버지가 말한 자리 잡는 일은 지금으로서는 요원했다. 뭘 하든지 끊임없이 움직여야 입에 풀칠이 가능했다.

나는 아침 7시 반에 회사에 도착했다. 출근도장을 찍고 바로 지하에 있는 물류 창고로 갔다. 산더미 같이 쌓인 물건 사이로 찻길이 뚫려 있어서 실제 쌓인 물건보다 두 배 이상 많아보였다. 잠시 소란이 일었다. 집하장차가 들어오니 찻길에 떨어진 물건을 옮기라했다. 나도 같이 찻길로 비어져 나온 물건을 다른 물건 위에 올리고 끼웠다. 큰문이 열리자 늙은 나무 등걸처럼 낡은 집하장차가 구불거리며 나타났다. 털털하게 생긴 김 과장이 내게로 오더니 할당한 물건 110개와 송장을 주었다 에어캡 없는 물건 포장이 걱정이었다. 물건이 파손되면 그에 대한 손해를 내가 뒤집어 쓸 수밖에 없다. 나는 발송순서와 지역별로 구분하여 물건을 차에 실었다. 두 시간이면 끝이 날 것을 출근 첫 날이라 3시간이나 걸렸다. 배가 고팠다. 가다가 무얼 사 먹어야 지. 나는 차를 몰고 배송지로 향했다.

첫 방문지는 P대학 병원이었다. 대학병원을 비롯한 공공기관이나 상가 사무실은 핸드폰으로 본인한테 배송시간에 대한 전화를 하지 않아도 됐다. 전화하는 시간과 핸드폰 요금이 굳어서 다소 위안이 되는 첫날이었다.

다음 날, K지역에서 배달 사고가 났다. 벌써 배달 사고? 반송 내역서의 주소는 서울 용산구 효창로 11가길. 김하란이었다. 그 이름은 학생 때 사귀던 내 연인 이름이다. 설마 그 하란은 아니겠지. 내가 찾아간 곳은 효창공원을 마주 한 단독주택이었다. 그녀와 사귈 그 당시 하란의 집은 마포였다. 지금은 그 자리에 말쑥한 고층 아파트가 들어서 있다. 나는 혹시 그녀일지도 모른다는 생각에 옷매무새를 바로 했다. 백미러를 보고 머리 모양을 쓰다듬고 다시 한 번 손으로 옷 전체를 털었다. 목소리를 가다듬은 다음에 하란이라는 손님에게 전화를 했다. 그러나 전에 내가 사랑했던 감미로운 목소리의 주인공이 아니어서 안도했다. 그 집 대문 앞에 서서 뜸을 들이다가 벨 버튼을 눌렀다. 문이 열리기를 기다리며 나도 모르게 그녀와 같이 불렀던 존 레논의 이매진을 흥얼거렸다.

천국이 없다고 상상해 보세요.
하려고만 하면 쉬운 일이랍니다.
우리 아래 지옥도 없고 위에는 그저 하늘만이 있는…

안에서 슬리퍼 끄는 소리가 났다. 대문을 연 여자가 놀랐다.
"아니, 이게 누구야?"
'으응, 아니 벌써 이런 일이 내게 닥치다니!'
한때 내가 사랑했던 하란이었다. 나는 낙타처럼 온순하게 눈만 껌벅였다. 그녀는 '세상에나 살아있었네.' 중얼거리고 나서 들고 있던 문제의 반송물을 내밀려다 말았다. 하란과 헤어지고 미칠 것 같던 날들이 피고 지는 사이에 이제는 나도 무덤덤해져 내 가슴에 그녀에 대한 풀 한 포기 돋지 않은 지 오래였다. 그래도 그녀를 보자 한때에는 천년만년 둘이서 살고

지고 했던 때가 생각났다. 먼 길 돌아서 이제야 찾은 듯 반가운 생각이 살콤 들다 말았다. 하란에게서 풋풋한 기운은 찾을 수 없었다. 하란은 이제 목소리도 장군처럼 씩씩했고, 누구야? 할 때의 눈빛은 이미 내 몸 전체를 훑어 나를 제 나름으로 파악한 뒤였다. 그 다음 누그러진 눈웃음으로 나를 보는 센스도 잊지 않았다.

"웬일이야?"

"으응 택배가 돈이 된다 해서 시작했지."

"잘돼?"

"요즘 택배 회사 너무 많잖아."

그녀가 다시 천천히 내민 상자 속 문제의 물건은 오래된 엘피판 '베드 인'이었다. 나는 순간 하란과 헤어지고 나서 극장에 들어가 울먹였던 때를 떠올렸다. 그리고 시내를 배회하다가 찻집에 들어가 가방에서 메모장을 꺼낸 뒤에 '베드 인 포피스' 라고 적었다. 그랬더니 왠지 마음이 조금 가라앉았다. 나중에야 문득 그때 왜 내 마음이 가라앉았지? 라고 반문하게 됐다. 대답은 웃음을 불렀다. 우리는 연애가 중반 쯤 접어들자 미숙해서 자존심만 세웠던 지난날들을 보상이나 하듯이 짐승처럼 엉겨 붙어서 사랑을 했다. 너의 몸에 내 몸을 문지르면 마술가가 되는 당신! 존 레논이 손을 내밀던 연상의 일본 여자 오노 요쿄, '베드 인'은 그들이 만든 평화시위 캠페인용 노래였다. 정확하게는 월남 전 반대로 투옥된 시위군들을 위해 만들어 부른 노래였으며 신혼여행지의 침대가 평화의 캠페인 무대였다. 엘피판 '베드 인'은 내가 하란과 사귄 지 100일 되는 날 거기에다 다이아몬드만큼의 의미를 부여해서 선물한 것이었다. 나는 아버지의 '베드 인' 엘피판을 슬쩍했었다. 그 뒤에도 거리의 상점에서 그 노래가 흘러나오면 하란을 떠올렸다. 그녀와는 화제의 인물이 된 오노 요코에 대해서 자주 격론을 벌였다. 서서히 풀잎이 시들고 대학가 역시 일자리 문제로 낭만 대신 다급한 기운이 감돌았다. 대학 졸업을 자꾸 뒤로 미루는 학생들이 늘기 시작했고 졸업 후에도 갈데없는 졸업생들이 공부가 아닌 도피처로 대학원에 적을 두는 젊은 이들이 늘었다. 나는 내가 다니는 학교의 학보에 일자리 문제에 대한 글을 몇 편 올렸다. '우리나라의 독특한 사회구조와 청년 일자리'에 대한 글이 주류였다. 그런데 그 결과가 내게 행운으로 다가왔다. 재벌기업 G사에서 일자리 제안을 해 왔다. 그때 하란은 내게 양심 있는 젊은이가 되라했다. 젊은이 들에게서 혁명은 갔지만 기계화 로봇화가 일자리를 앗아가는 바람에 젊은이들 사이에서 말없는 소요가 일었다.

'양심 있다는 게 뭔데? 나는 내 능력을 인정해준 그 대기업에 감사해. 두뇌 집단이 되어버린 대기업에서 오라는데 포기해야겠어? 포기하지 않는다고 나더러 양심 없다는 거야?' '의식 있는 너까지 꼭 그래야 되겠어? 재벌위주로 돌아가는 우리나라 경제구조에 대해서 진지하게 생각했잖아. 혹은 중소

기업이 우리의 미래다. 뭐 그런 글로 대학생들을 부추겨 놓고 자기는 대기업으로 가시겠다 이거잖아.' '부추기다니! 인생이 걸린 문젠데 부추긴다고 애들이 가냐? 내 말은 대기업이 원하는 취업자 수는 한정되어있다. 중소기업도 찾아보면 좋은 곳이 많다 그런 취지로 글을 쓴 거야. 잘 알고나 말해. 너와 결혼도 하고 집도 사려면 당연히 대기업에 가야지.' '됐어 됐다고. 자기는 일단 안전한 밥벌이 꾼이 되겠다? 이기주의자, 사기꾼! 우선은 우리 사회도 재벌기업이 필요하다. 최고의 고급인력과 그에 걸 맞는 최고의 대접 첨단 기술력을 자랑하는 최고의 시스템이라야 세계와의 경쟁에서 살아남을 수 있다. 아니야. 정경유착으로 백성 대부분이 노예화될 수도 있어. 하지만 나 희준은 이 땅의 고급인력이고 싶다. 희준아, 그런 일은 자신을 속이는 일이라 결국에는 성공하지 못하고 스스로 자멸해. 학보에 실은 자기 글은 글 자랑이었어?' '넌 춤이나 제대로 춰. 춤꾼이 별 걸 다 참견해.'

　나는 그 일이 빌미가 되어서 그녀와 헤어졌다. 이별 뒤에 독이 든 주사를 맞은 것 같이 나는 모든 의욕을 잃고 무기력해져서 대기업을 맥없이 포기하고 말았다. 나중에 중견 건설업체에 취직했다. 그러나 세계 건설 붐이 사그라지면서 내가 다니던 회사도 최소한의 인력으로 꾸려가야 했다. 나는 2년치 월급을 미리 받는 조건으로 퇴직해야 했다.

소유가 없는 세상, 욕심도 없고, 배고픈 사람도 없는 세상, 그런 세상이 있다면 정말로 있다면 얼마나 좋을까요?

이 노래 덕분에 존 레논은 많은 사람들로부터 평화의 상징으로, 거의 우상처럼 숭배를 받았다. 종교와 내세에 대한 부정, 소유에 대한 부정, 또 국가와 민족주의에 대한 부정이 담겨있는 존 레논의 노래 'Imagine'… 이 노래는 평화를 상징하는 노래로 시위나 특별한 행사 때 많이 불렸다.

나도 탐욕스럽게 사랑했던 때가 있었구나!

월남전에 참가한 기념으로 가져온 것들 중 하나였던 엘피판이 없어졌다고 난리치던 아버지를 떠올렸다. 그래도 내 대학시절이 엘피판을 훔쳐다가 선물할 정도로 뜨거운 때도 있었구나 싶어서 웃음이 났다. 사랑의 노래가 흐르던 그때에는 아버지의 다랑논이 한몫했다. 하지만 몸이 배고픈 지금은 빵이 문제였다.

하란은 그 엘피판을 친구에게 빌려줬다.

"하란아, 너 유학 못 가면 유흥업소에 가서 춤출 거라고 했잖아. 그러니까 완준이가 뭐라 했다고?"

"낙타 한 마리 살 돈 마련해서 사막에 가자했지."

"낙타는 종일 생각에 잠겨 있는 것 같아. 거기다 비라도 와 봐. 눈을 껌뻑이면서 먼 하늘을 향해 제 어미를 부르는 것 같단 말이야."

"그래 희준이도 낙타는 영혼이 있는 것 같다면서 낙타를 원했어."

"걘 좀 달랐어. 나도 걔 땜에 잠깐 철 지난 학생운동에 가담했었지. 희준이는 인간에 대한 물음표가 많았어. 빈부간의 격차라던가 생명문제라던가. 의식 있는 젊은이지. 그래서 내가 좋아했지."

하란은 희준과 연애 중에 받았던 선물 얘기가 나와 친구에게 '베드 인'을 빌려주었다. 그런데 친구에게 빌려준 엘피판이 내 직전에 일하던 택배원의 배달 부주의로 못 쓰게 됐다.

하란의 남편은 경동시장에서 한약재상을 했고 아들이 하나 있었다. 아들은 중학교 2학년이었다. 부모 곁을 떠나 혼자 자립하고 싶다며 지금은 미국 유학중이라고 했다. 그녀는 내 팔을 잡고 밥 먹고 가라고 했다. 출출하던 차에 잘 됐다. 그녀가 차려준 밥상을 받다니! 나는 일어나고 싶은 충동과 밥을 먹어야하는 현실 사이에서 갈등했다. 그렇다고 이미 거실을 가로질러 간 식탁 앞이다. 이미 거절할 때를 놓쳐버린 셈이다. 봄에는 연인처럼 칼칼한 음식이 제격인데 하란의 음식이 그랬다. 일상의 자잘한 문제에 찌들어 사는 대중들에게 잘 만든 영화 한편이 위로가 되듯이 계획에 없던 하란의 아침상이 얼떨떨한 가운데 위로가 됐다. 밥을 먹고 현관문을 나오면서 문제의 엘피판에 키스 한 뒤에 돌아선 내 등 뒤에서 그녀가 소리쳤다.

"희준아, 차 조심하고 오늘도 굿 타임!"

한 마리의 나비였고 백조였던 하란이 저리 푸근해지다니! 무용과였던 그녀의 발가락에도 굳은살이 박여서 신발 사 신기가 쉽지 않았다. 그녀는 발가락의 굳은살만큼 노력하는 사람이고 그 시대를 고민했던 여자였다. 비난 받던 존 레논 부부의 평화 시위는 확실히 효과가 있었다. 그녀가 내게 밥을 나누고 차를 나누는 일이 이웃을 대하듯 했다. 적어도 그녀를 따라서 집안으로 들어올 때의 내 심정은 착잡하고 위축되어 있었다. 하지만 호젓한 그녀의 관심과 언어, 눈빛으로라도 나를 만지기를 바랐다. 대기업에 들어간 사람이 또 택배사업까지 뛰어든 거야? 힐난하다가 그것도 모자라서 내게 뼈아픈 말로 물어뜯기라도 할 때를 위해서 내 나름의 반격을 준비했었다. 하란의 이별통보로 세상을 놓듯이 대기업의 손짓을 뿌리쳐 버린 게 누구 때문인 줄 알기나 해? 전처럼 하란의 공격적인 성격이 나를 이렇게 만들었노라고 대답하려 했다. 하지만 그녀는 그렇게 하지 않았다.

차를 몰고 택배지로 향하면서 생각했다. 나는 배는 부르지만 초라한 상태로 하란을 만난 게 못내 우울했다. 용산의 한 오피스텔에 도착한 나는 우울한 김에 힘이라도 써 보자 싶어서 턱없이 무거운 짐을 혼자서 들고 낑낑댔다. 혼자서는 해볼 도리가 없어서 물건 주인에게 전화를 했다. 물건 주인과 같이 물건을 들고 계단을 올랐다. 사내의 오피스텔 현관문을 열자 작은 공간이 드러났다. 침대 하나, 책 상 하나 그게 다인 오피스텔 원룸이었다. 화장실과 부엌을 함께 쓰는 아주 비좁은 공간이었다. 가난한 젊은이는 여기에도 있었다. 그에 비하면 회사에 다녔던 나는 2층 양옥을 통째로 빌려 살고 있었다.

저녁에는 존 레논과 오노 요코의 '베드 인'을 사기 위해 음반가게가 붙어있는 대형서점에 갔다. 서점안의 음반가게에 '베드 인' 엘피판은 없었다. 나중에 다니다가 엘피판 가게에서 '베드 인'을 만나면 사기로 하고 당장은 CD로 된 '베드 인'으로 대체했다. 하란에게 빈손으로 가지 않게 되어 다행이었다.

"택배요."

두 번째 그녀의 집을 방문한 날에도 식사를 준비해놓았다가 내게 밥을 먹게 했다. 우리는 밥을 먹는 내내 학교 다닐 때의 추억만 얘기했다. 우리는 논쟁으로 시작해서 다툼으로 끝을 냈던 대학시절과는 달리 그녀는 상대를 배려해 가면서 둘만 있을 때의 위험한 대화거리는 피해 갔다. 내가 시계를 보자 하란은 자리에서 일어났다. 대학 다닐 때에 하란은 무용과고 나는 경영학과에 재학 중이었다. 하란은 사치스러웠다. 나는 좀 로맨틱했다. 하란은 춤을 잘 추었다. 그녀는 한 마리의 백조가 되기도 하고 봄날 장다리 밭에서 너울너울 춤을 추는 한 마리 나비가 되기도 했다. 하란은 앞장서서 대문 반대 방향으로 걸어가면서 나더러 따라 오라했다.

"…?"

"재미있는 것을 보여줄게."

나는 좀 얼떨떨해서 그녀의 뒤를 따랐다. 하란은 침실을 낀 좁은 복도로 들어서기에 농익은 섹스를 생각했다. 그녀는 다시 멈춰서더니 좁은 지하 문을 열었다. 다시 컴컴하고 비스듬한 계단을 10개쯤 내려갔다. 거기 꽤 너른 지하공간이 나타났다. 젓갈이 발효되는 퀴퀴한 냄새와 냉기가 다가왔다. 머리가 띵 했다. 그곳은 술을 담아 저장하고 생선을 저장하고 젓갈을 저장했다. 다시 서쪽에 붙은 작은 통로로 들어서는 쪽문을 열었다. 갱단의 마약뭉치를 떠올리면서 주춤 그 자리에 섰다. 하란이 서쪽 벽으로 가더니 딱 소리 나게 불을 켰다. 그러자 존 레논. 김시습이라 쓴 작은 편액이 보였다.

"우리의 게츠비, 조선 시대 김시습의 뇌를 방문하는 거야."

"…?"

"색다른 체험일걸. 자, 그럼 지금부터 15분간 김시습의 뇌를 체험하겠습니다. 여기 체험 문에 머리를 디미십시오."

8호 짜리 그림만한 문 하나가 내 앞에 다가섰다. 다음은 안경점의 시력검사대에 선 사람처럼 턱을 내밀고 김시습의 뇌를 응시했다.

"…여기 머리를 디밀면 5세 천재 어린 김시습부터 시작된다 이거야? 이거 누구 발상이야?"

"우리 남편의 생각이야. 물론 논쟁으로 시작해서 논쟁으로 끝나는 내 성격 때문에 남편이 나중에는 존 레논과 김시습에 대해 연구했어. 그게 그의 취미생활이 되어 버렸어. 그이는 시간만 나면 여기 와 살어."

어린 시습은 단시간에 시 한 편으로 세종대왕의 마음을 사로잡았다. 왕은 시습의 시를 읽고 나서 무릎을 탁 치더니 만면에 웃음을 가득 담았다. 너무나 사랑스럽다 는 듯이 시습에게 다가온 왕은 시습을 번쩍 들어 올려 안았다. 갑자기 당한 일이라 놀란 그는 울어버렸다. 왕은 허허 이놈 봐라. 글은 청산유수인데 나이는 어쩔 수 없구나. 하며 그를 땅에 내려놓았다. 그리고는 머리를 쓰다듬어 준 뒤에 이번에 왕은 그를 들어서 자신의 무릎 위에 앉혔다. 그렇게 특별한 사람의 사랑을 받아본 시습은 집에서 세종의 너털웃음을 흉내 내기도 했다. 그 뒤부터 세종대왕은 시습의 인생 전부를 지배했다.

왕이 내린 하사품 비단 50필을 받아 든 어린 시습은 그중 분홍 비단 한필을 빼서 몸에 감고 궁궐을 나왔다. 나중에 시습의 태도를 전해들은 왕은 고놈 참, 하였다. 물론 나머지 비단은 집에 보내 달라 부탁하고 함께 간 형과 집으로 향했다. 집에 오는 길에 피곤한 시습은 나무 그늘을 만나자 피륙 위에 올라가더니 낮잠을 청했다. 왕의 무릎에 앉아보았던 흥분이 가라앉기 전이라 그런지 자면서도 배냇짓이 잦았다. 산천은 푸르고 시냇물은 맑게 흘렀다. 꿈속에 어머니가 보이고 어머니의 손을 잡고 산속으로 들어가는 꿈도 꾸었다. 가다가 호랑이를 만났지만 호랑이가 길을 비껴주었다. 어머니는 호랑이에게 고맙다는 인사를 하고 산으로 가는 꿈이었다. 어머니는 아마도 산에다가 슬픔을 버리러 가는지 울었다. 눈을 뜨자 오색천이 너울거리는 성황당이 보이면서 시원한 바람이 불었다. 늘어지게 잔 것처럼 기지개를 켜는 귀여운 천재 시습은 산천을 휘둘러봤다. 그리고는 형에게 피륙 위에서 일으켜 세워 달래더니 이번에는 형에게 성황당 나뭇가지에다 그 피륙을 걸어 달랬다.

"세종대왕님, 만수무강하세요."

형과 나란히 서서 서울을 향해 축수한 다음에 이번에는 그 피륙을 그네로 매 달랬다.

왕은 김시습이 장차 큰 인물이 될 거라고 했다. 조선의 거목으로 왕 옆에 두고 쓸 거라고 약속까지 했다. 그러나 나라를 크게 발전시킨 능력 있는 세종대왕의 예측은 빗나갔다. 예측은 틀리게 마련이다. 미래에 대해서는 틀릴 수 있지만 적어도 예측을 하고 행동을 하거나 말한 사람은 그 당시에는 진실이었다.

21살이 된 청년시습은 장차 나라의 기둥이 되기 위해서 삼각산에 있는 사찰에 들어 열심히 공부했다. 악몽에 시달리다 깬 날 오후에 세조가 단종을 폐위시켰다는 소식을 듣고 서울에서 사람이 왔다. 그는 대성통곡을 했다. 나중에는 반 실성한 것처럼 굴더니 마실 줄 모르는 술을 입에 쏟아 부었다. 그러더니 그만 발광을 했다. 주지가 똥간에 갔다. 누군가 똥간에 빠져 허우적대는 것을 보고 깜짝 놀랐다. 잽싸게 두 번 눈을 씻었다. 저 아래 똥간을 자세히 봤다. 멀쩡하던 시습이 실성하여 똥간에서 쥐와 술래잡기를 하고 있었다. '허어 이 사람이 공부를 많이 하더니 이제 돌아버렸군.' 혼잣말을 하던 주지도 이상한 사람이었다. 시습과 쥐를 꺼내 깨끗이 씻긴 후, 그 둘을 방에 넣고 그만 시습의 방에 자물쇠를 물려 버렸다. 그가 쥐와 씨름하는 동안, 근심걱정이 사라지라는 처방이었다. 쥐 잡느라 헤매다 보면 지칠 테고 지치면 곯아떨어지겠지. 과연 주지의 생각이 맞았다. 잠깐이지만 시습은 살아야 하나 죽어야 하나? 를 고민했다.

며칠 후, 쥐에게서 답을 얻은 그는 그만 짐을 꾸려 삼각산을 내려왔다. 자신의 실존에 대해서 쥐가 답을 준 셈이었다. 사람은 먹고 싸는 것이다. 쥐도 먹고 싸는 것이다. 간단한 이치를 가지고 삼각산까지 갔다는 생각을 하면서 시습은 산을 내려왔다. 사는 게 별거냐? 별 이상한 체험을 다한 시습은 역사적인 사건들이 사람을 탐욕스럽게 물어뜯는 바람에 소중한 개인의 삶이 중요한 줄 모르고 지나간다는 것을 깨닫는다. 돌속에 앉은 인간이 염불소리 들으며 출세를 위해 글을 읽는다고? 그 사이에 어린 왕이 죽었구나. 그것도 모르고 맛난 식사를 하고 더러운 똥만 싼 세월이었다. 똥간은 그사이 똥을 받아 발효시켜 거름을 만드는 시간이었다. 결국 사람은 그 똥이 만든 맛있는 작물을 먹고 다시 더러운 똥을 싸고, 경전은 똥간에 있었다. 왕실이 세상에 못 박는데 그런 왕실에 들어가 뭣 하겠어? 시습은 하늘을 보고 허허 힛힛 한참을 웃었다. 하찮은 미물한테서 교훈을 얻은 그는 전과는 달리 잘 웃고 너스레를 떨었다.

그에게로 아가씨가 다가왔다. 그녀 역시 지배층을 못마땅해 했다. 오만하면서 교활한 사람들이 백성들을 너무 가혹하게 다룬단 말씀이야. 퉤. 양반을 말할 때에는 소화가 안 되는 얼굴을 했고 물속의 뻐꾸기 감돌고기마냥 물속을 헤엄치는 대신 그녀는 숲으로 가서 놀다오길 좋아했다. 시습 역시 자유를 사랑했다. 돈을 형님처럼 대하는 기득권의 횡포를 몹시 역겨워했다. 단종의 왕위를 빼앗은 세조 때문에 세상이 싫어졌는데 또 다시 청천벽력 같은 소식이 그의 처소로 날아들었다. 이번에는 세조가 신진 세력인 그의 친구들을 잡아다 처형했다. 그는 죽은 친구들을 장사지내고 곧장 산으로 들어가 버렸다. 경상도 금오산 기슭에 초막을 짓고 세상과 연을 끊어버렸다. 그 뒤에 소설을 쓰고 시를 지어 후세에 영원한 보물을 남겼다. 하지만 존 레논처럼 적극적인 삶을 살지 않고 스스로를 고립시키고 사람과의 교류의 문을 닫아 걸었다.

물론 시습의 초막 앞에는 시습을 상징하듯이 곧고 푸른 대나무가 유연함을 뽐냈다.

배달 물건이 80개나 남아서 서둘러야 했다. 택배 물건이 빼곡히 쌓인 트럭에서 차 문을 열면 바로 버티고 있는 생수와 쌀을 먼저 배달해야 했다. 쌀을 배달하고, 생수를 배달해야 그나마 택배 운송 차의 입구에 빈 공간을 확보할 수 있었다. 무거운 물건부터 배달하고 나면 힘이 빠지고 지쳤다. 어찌 되었건 어서 서두르자! 차를 운전하면서도 김시습을 생각했다. 그의 뇌에 들어가자 확실히 마음이 차분해지고 온 몸이 편안해졌다. 그 시대를 사는 백성들의 생활은 가난했다. 가장이 자식 둘과 병든 아내가 있는 집으로 들어왔다. 그는 아이들의 이름을 일일이 부르더니 품안에서 보자기에 싼 밥주발을 내놓았다. 아이들의 눈이 빛났다. 너희들은 좀 참아야 한다. 엄마가 아프다. 남자는 누워있던 아내를 일으켜 세우더니 파리한 그의 아내의 얼굴을 쓸어주었다. 그는 아내의 여윈 얼굴이 한 없이 가여워서 눈이 붉었다. 아직 식지 않아 따끈한 밥을 한술 떠서 아내의 입에 넣자 여자는 오만상을 찡그렸다. 초등학교 고학년으로 보이는 그 집 큰딸이 얼른 부엌으로 내려갔다. 매운 연기를 마시면서 아궁이에 불을 지피더니 금방 데운 김칫국을 국그릇에 담아내왔다. 남자는 밥숟갈을 국물에 적셔 병든 여자에게 먹였다. 어린 자식들이 배고프다고 칭얼댔다. 그런 장면이 정답다. 남자는 그런 자식들을 안쓰럽게 바라보았다. 남자의 눈은 굶어서 푹 꺼져 퀭 했으며 얼굴 전체가 어둡고 무거웠다. 그 장면이 스크린처럼 휘뜩 지나가고 김시습의 싸한 아픔이 내 가슴에 전해졌다. 천지엔 봄빛이 찬란한데 그 집에는 가난이 병처럼 들러붙어 있구나!

青春亡社稷(젊어서는 나라를 망치고)
白首汚江湖(늙어서는 세상을 더럽힌다)

조선 시대 수양대군을 도와 단종을 왕위에서 밀어낸 한명회가 자신의 위상을 과시하며 쓴 시를 김시습이 딱 2자 바꿔 조롱한 시다.

특히 열심히 생산하지만 가혹한 수탈로 가난을 면치 못하는 백성들의 한탄을 견디기 힘들었다. 그런 심정을 「산가(山家)의 고통을 읊다」 여덟 수에 담았는데 그중 셋째 수가 이렇다.

척박한 땅 싹이 자라면 사슴 돼지 먹어대고(薄田苗長麕羓吃)
수숫대에 목이 나오면 새와 쥐가 훔쳐 먹네(菁粟登場鳥鼠偸)
세금을 내고 나면 들어간 비용도 건지지 못하는데(官稅盡收無剩費)
빚을 감당할 수 없어 소까지 빼앗기네(可堪私債奪耕牛)

시습은 팔도를 다니면서 백성들의 가난이 얼마나 눈물겨운지 보았다. 그의 시나 짧은 단편은 가난한 백성들을 대신한 절규였다.

앞에 거렁뱅이 둘이 걸어가고 있었다. 하나는 김시습이고, 하나는 그의 몸종 돌쇠였다. 돌쇠가 돌아서서 소변보는 사이에 그는 낡아 너덜거리는 저고리 자락을 손으로 뜯어내고 있었다.

"나리 여씨의 농락으로 정권이 기울어 진 한나라 사람들이 궁색한 살림에 보태느라 집에 있던 피륙을 내다 판 것인데요? 그때 싼 가격으로 피륙을 사서 여태 잘 입으시고는 왜 그리 그 옷을 홀대 하십니까?"

"돌쇠야, 이렇게 꽃잎 흩날리는 봄이면 이 옷을 지어 내게 입힌 왕녀가 사무치게 그립구나. 바보 같은 내 인생을 뜯어서 봄바람에 날려 보내는 거야. 이제 조선 팔도를 누비는 일도 힘들고 지치는구나. 여우도 굴이 있고 나는 새도 집이 있는데 우리는 발길 닿는 곳이 바로 집이고 침실이구나. 그리하길 10년, 그만 소요산으로 돌아갈까? 돌쇠 너는 어찌 생각하느냐?"

"나리가 서울에 있을 사람인가요? 역마살이 켜로 끼어 떠돌지 않음 발에 곰팡이가 피고, 입안에 가시가 돋는 분이신 걸 지가 다 알지요. 잠깐 주저앉는다고 지가 곧이 듣나요?"

"허허 참 이눔 봐라. 나도 이제 그동안 조선 팔도를 돌아다니며 웅웅한 바람소리에도 기지개 펼 줄 알고 꽃피는 세상이 좋다고 기뻐할 줄도 아는 사람이 되었다. 어서 흙 밟고 억새 꺾으며 시조가락 읊던 일들을 정리하련다. 이제 죽을 나이도 됐으니 서서히 글도 정리하고 저세상 갈 채비를 해야겠다. 친구인 사육신들이 죽은 뒤에 나도 살고 싶지 않은지 오래였다. 그나저나 사랑 소설 하나 써야겠다. 돌쇠, 네 진짜 이름이 양생이라고 했겠다. 알았다. 주인공은 양생이여. 양생이가 어여쁘고 지혜로운 여인을 만나 사랑을 했어. 그녀는 전쟁 통에 죽은 처녀 귀신이었어. 나는 그녀가 귀신이건 사람이건 그녀만을 사랑할 거야. 새벽닭이 울면 그녀가 떠날 테지, 물론 허망하고 슬프겠지만 그녀를 위한 일이라면 뭐든 다 할 거야. 다음 사랑은 없어."

말을 끝낸 중년 김시습은 서울을 향해 두 손을 모은다. 세종대왕과 단종에 대한 충성의 표시였다. 불우한 천재의 뒷모습은 거지였으나 그는 사랑하는 사람, 흠모하는 사람이 있었으므로 더 없이 행복해 보였다. 즉 사모했던 세종대왕과 단종을 그리며 죽은 그들이 죽어서라도 찾아오면 놓지 않으리라는 비장감 깃든 소설내용이었다.

나는 시계를 봤다. 벌써 택배차를 몰고 회사를 나온 지 4시간이 지났다. 하란이네 집에서 존 레논의 뇌에도 들어가 보았다. 15분을 더 보태어 썼다.

존 레논은 푸른 하늘을 바라보다가 옥빛 바다를 내려다 봤다. 그는 바다와 하늘이 보이는 넓고 아름다운 집에서 살고 있었다. 차차 해무에 잠긴 바다로 바뀌더니 그곳에서 예쁜 2층 벽돌집이 나타났다. 존 레논은 돈은 벌었다. 하지만 자신한테 쏟아지는 비난과 칭찬이 버거웠다. 존은 그런 나날이 전쟁 같았다. 하루는 그가 클럽활동을 시작할 때부터 기인행세를 했다. 변기를 뒤집어쓰고 기타 현을 요란하게 뜯었다. 이번에는 난데없이 여자의 커다란 엉덩이가 클로즈업 되는 화면이 떴다. '평화를 사랑하자.' 오노 요코. 티브이를 보고 있던 영국인들과 세계인들은 대부분 못마땅해서 표정을 한껏 구긴 뒤에 욕을 했다. 하지만 오노 요코는 전혀 개의치 않았다.

저녁뉴스에는 월남전으로 민간인들이 학살당하는 장면이 이어졌다. 워싱턴 D.C에서도 200만 명이 넘는 시민들이 베트남 전쟁 반대 시위를 했다. 다시 안개에 휩싸인 시위 장면이 지나가고 존과 오노가 신혼여행지 호텔방의 베드 위에서 전쟁 반대 시위를 하는 장면이 떴다. 그때 만든 음악이 '베드인' 혹은 '베드인 포 피스'였다. 평화를 구현하려는 그들의 행동은 세간의 비난과 조롱을 받았다. 이번에는 복수하듯 이상한 평화시위 광고가 떴다. 푸른 바다에 살빛 커다란 엉덩이가 떴다. 사람들은 너무 섬뜩하여 뒤로 물러났다. 바다에 비행기 길 같은 한줄기 하얀 길이 나타났다. 그 길 위에 '누구를 위한 전쟁이냐? 평화를 사랑하자.' 라는 글이 떴다. 사람들은 어쩔 수 없이 허공에 대고 헛웃음을 날렸다. 존과 오노의 아이디어에 그저 손 들었다는 듯이 티브이를 보던 사람들은 허물어진 몸을 의자 깊숙이 묻고 말았다.

존은 하늘과 바다가 보이는 탁 트인 집이었지만 답답했다.

결국 존은 전쟁 없는 세상, 평화와 사랑이 넘치는 세상을 노래하기 시작했다. 앞을 가리던 해무가 걷히면서 하얀 정장을 한 자그마한 동양여자가 나타났다. 그녀는 자신이 입은 흰 옷을 가위를 든 타인들에게 내맡기고 있었다. 가위든 여자 둘과 남자 셋은 재밌다는 듯이 가위로 그녀의 하얀 정장을 듬성듬성 잘라냈다. 그들은 다시 그녀의 바지를 두 조각으로 절개하려고 했다. 오노 요코는 말렸다. 대신 바지 밑단부터 기하학적인 무늬를 만들었다. 이제 잘라라. 기하학적인 무늬가 예술가들의 손에서 태어났다. 갓 지은 흰색 정장차림은 평화와 순결을 의미했다. 옷이 쓰레기로 변한 것을 그들은 내려다 봤다. 오노 요코는 팬티 차림으로 웃고 있었다. 가위를 든 그들 중 하나가 한 조각 팬티마저 싹둑 잘랐다. 알몸이 된 여인의 젖가슴 양쪽에 '본질' 이라는 글이 나타났다. 본질만 남은 그녀는 허구를 위해서 뭐 그리 천문학적인 돈을 쓰고 가꾸냐? 그것은 가면과 탐욕이며 죄악의 근원이다. 뭐 그런 의미인 듯했다.

손님들은 배달한다는 시간에서 조금만 늦어도 택배회사로 즉각 항의를 했다. 차는 잠실로 접어들었고 조금 전에 헤어진 하란의 말이 떠올랐다.

"우리 남편의 취미생활 구경 잘 했어? 너나없이 돈 없다고 기죽을 필요 없어. 다행히 내 남편은 나를 믿어. 서로 믿고 살면 더불어 평화할 수 있다는 거야. 니 것 네 것이 없는 세상, 니 것

네 것이 없으니까 싸울 필요도 없는 세상, 배고픈 사람이 없는 세상, 싸움과 전쟁이 없는 세상, 종교와 지옥이 없는데 어떻게 천당이 있겠어? 단지 푸른 하늘만 있는 세상, 나라도 없고 국경도 없는 자유로운 세상을! 일찍 세상 뜬 존 레논이 꿈꾸던 세상이야. 인생 짧다지만 탐욕을 부리지 않으면 결코 짧은 인생이 아냐. 실컷 자고 실컷 즐기기까지 한 나는 참 잘 살았다. 고마워! 세상에 손을 흔들며 떠날 수 있어. 그러니까 너무 그리 서둘지 말란 말이야. 어때? 왜 자기감옥에 갇혀서 쩔쩔 매냔 말이야. 지금 본 것들을 이용해서 사업을 한번 해보시지? 재밌지 않을까? 남편이 아마 들어 줄 거야. 아니면 약초에 관한 일도 많으니 그것도 괜찮다면 얘기해 볼게."

"알았어. 주위에 하란, 자네 같이 토양이 좋은 사람이 있으니 나는 행운이었지. 이건 단순히 착하고 악하고의 문제가 아냐. 이 땅에 태어남에 감사하고 탐욕을 버리자. 각자의 토양에 맞게 살며 자연을 사랑하자."

하란과 나누었던 대화를 떠올리자 갑자기 가고 싶어도 가지 못했던 고향이 사무치게 그리웠다. 금시 눈앞에 부모님과 동생들과 코스모스 핀 누런 들판이 펼쳐졌다. 반듯한 직업이 없다고 명절 때에도 고향에 못 가고 암울했던 시간을 떠올렸다. 허긴 현실적인 삶의 고통도 고통이지만 미래에 대한 희망이 없기에 늘 내 가슴에 공허가 자리 잡고 있었다. 가족 간의 안부조차 알 수 없게 될 때, 턱없이 위축되고 자신감을 잃으면 자칫 지상에 내던져진 자신의 외로움에 그만 목숨을 끊는 잘못된 판단을 할 수도 있다. 살다가 한두 번 어려움에 처해보지 않은 사람 어디 있는가? 사는 게 결코 호락호락하지 않다. 신은 인간의 길을 꽃길로만 가게 하지 않았다. 또한 생명의 의미는 꽃길이라고 반드시 좋은 게 아니고, 돈만 있다고 좋은 것이 아니며, 두뇌가 좋다고 다 좋은 게 아니다. 돈이 많으면 많은 만큼 근심 또한 많고, 머리가 좋으면 좋은 만큼 근심 또한 많은 게 사람 사는 이치이다. 하지만 들에 핀 풀꽃을 보라. 보잘 것 없어도 봄 되면 꽃 피우고, 겨울 되면 그만큼 몸을 낮추어 겨울 나지 않던가. 결코 풀꽃이 스스로 잦아지는 법은 없다. 오늘은 많은 것을 보고 들어 깨달은 날이다. 몸이 고달프니 일단 집에 가서 쉬자. 내일은 내일의 바람 따라 살면 되니까. 차량 통행이 조금 적은 길가에 택배차를 세웠다. 멍하니 앞을 봤다. 달리는 차들 위로 6월의 눈부신 햇살이 잘게 폭발했다. 바람에 흔들리는 가로수를 봤다. 운전석에 앉아서 현실감이 떨어진 채, 멍하게 앞만 봤다.

조금 전의 체험을 이용해 돈을 벌어보라는 하란의 말을 골똘히 생각했다. 갑자기 내 고향 뒷동산의 개암나무열매, 다래열매가 눈에 선하다. 푸르디푸른 들녘과 석양 무렵 눈물 나게 아름다운 지평선이 보고 싶다. 가슴이 아리도록 부모형제가 그립다. 차에 시동을 걸어 천천히 찻길로 들어섰다. 어서어서 일을 하자. 밤늦게까지 배달을 끝내고 내일은 고향에 내려가자. 그게 내 안의 전쟁을 끝내는 일이고 아버지와 화해하는 길이다. 그게 탐욕을 내려놓는 일이고 푸른 하늘만 있게 하는 일이다. 아버지께 내가 존 레논을 만나고 김시습과 함께했던 기이한 이야기를 들려주면 어쩌면 아버지도 자신의 성채에서 걸어 나올지도 모른다. 사람은 무한함 속에서 살고 있다고 생각하는데 결코 아니다.

찬란한 6월이여, 고향에 가기로 맘먹은 내게 행운을!

원 나잇
스탠드

어렵고도 험난했던 스위스 은행시절

88서울올림픽을 계기로 우리 나라 은행도 혁신해야 했다.

글로벌한 은행시스템으로 바꾸려고 스위스에 갔다.

독일 유태인 이민자였던 스위스 슈플은행 창립자

샤롬의 손녀와 하룻밤 풋사랑 어때?

참, 뜬금없다. 하지만 좋은 찬스임에 틀림없다.

원 나잇 스탠드

헬런이 초청장을 내밀었다.

"헤이, 이정준씨, 이 초청장에 대해서 알고 있겠지? 나는 정준씨가 복면을 쓰고 온대두 받아주겠어."

"아, 네."

나는 누가 볼까봐서 살짝 고개를 꺾는 척 하면서 주위를 둘러봤다.

허나 일은 그때부터 시작됐다. 나는 영희가 바로 내 뒤에 있을 줄은 몰랐다. 그런 나를 보고 그녀도 당황하는 눈치였다. 아내의 마지못해 지은 웃음 한 자락이 그녀의 일그러진 얼굴에 물결처럼 일렁였다.

헬런은 슈풀은행 창립자의 손녀였다. 그녀는 활달했으며 뱃장이 있고 실력과 훌륭한 말솜씨까지 갖추고 있었다. 나는 그 은행 창업자에 대해서 알고 싶었다. 헬런의 초청은 내가 이곳에 뿌리를 내릴 수 있는 절호의 기회가 될 것이다.

우리 부부는 밤이 이슥해서야 루이네 집에서 나왔다. 우리 둘은 지프차에 탄 뒤에도 한참 말이 없었다. 나는 헬런의 초청으로 얼떨떨한 상태라 말을 잃었고, 아내인 영희는 차창에 얼굴을 붙이고 밤풍경만 보고 있었다. 창밖을 보고 있는 그녀의 옆얼굴이 외로워 보였다.

"헬런의 프리 데이의 초청 성격을 아는 사람은 다 안다면 서? 자기 맘에 드는 사람과 하룻밤 즐기는 걸 아무렇지 않게 생각한다며? 특히 프리 데이에는 섹스, 그거 영락없다고 당신이 그러지 않았어요?"

"…"

"왜 대답이 없는 거죠?"

"나는 나라와 가정의 이익을 위해서 총대를 메는 한낱 일꾼에 불과해. 사랑하는 사이도 아니고 낯선 땅에서 상사의 부름으로 그 일에 응해야 하는 내 고충을 좀 이해해 줘. 그 일이 아무리 달콤하다 할지라도 여기서는 결코 달콤할 수 없으니 이제 그만 하시지."

우리는 서로 팽팽하게 맞섰다. 하지만 영희가 그 문제로 나를 괴롭히면 괴롭힐수록 나는 영희의 말을 흘려듣고 무관심해졌다. 조금 전에 했던 헬런과의 약속이 시간이 흐를수록 시시해져버렸다.

헬런은 회사에서 일을 잘하고 가문도 훌륭하며 똑똑한 여자였다. 거기다가 창업자의 손녀였다. 그런데 원 나잇 스탠드에 나를 택한 이유가 궁금했다. 잘 생긴 서양남자 다 두고 나라니, 하지만 이제 나도 서울에 가면 직장 동료들의 서양 여자들과의 잠자리 이야기에 낄 수 있게 된 것에 손뼉을 쳤다. 참 나도 한심한 놈이다. 우리나라는 88올림픽 유치를 앞두고 마악 피어나는 한 송이 꽃이었다. 여행자유화도 풀리지 않아서 무역상이나 제한된 일부 국민이 해외여행을 할 뿐이었다. 국민들은 대부분 우물 안 개구리였다. 헬런의 은밀한 프러포즈라. 이건 뭐야? 사실 곰곰이 생각해보면 이 문제는 발령 초에 이들의 선물인가? 암튼 재수 튼 것임에는 틀림없다는 생각이었다.

"혹시 당신 은근히 좋아하고 있는 거 아냐?"

"스위스에 오니까 성 여사가 너무 불안해한다. 우물 안 개구리에서 벗어나는 게 힘든 모양이지. 아마도 여자는 여자로 태어나는 것이 아니라 태어난 지역에 맞는 여자로 만들어지는 모양이야. 즉 한국에 태어나면 한국여자로 만들어지는 거 말이야. 아무리 내 고충을 말해도 계속 같은 문제로 나를 몰아세우니 할 말이 없다. 내가 혼란스러워하고 있는 거 알면서도 거 참, 집요하네. 난 당신 밖에 없어. 우리가 너무 지레 겁먹고 있는 건지도 몰라. 상사와 부하 사인데 설마 그런 어색한 일이 벌어지겠어? 철학적인 이야기를 할 수도 있고 우리나라의 금융시스템에 관한 이야기를 할 수도 있겠지. 우선 내가 독일어가 부족해서 단어 찾아가면서 말하다 보면 금방 시간이 가지 않겠어? 우리끼리 미리 싸울 필요는 없잖아. 지적이고 귀족인 헬런인데 말이야. 나는 그 무엇보다도 그녀가 슈플은행 창립자 손녀라는데 관심이 있거든. 창립자 샤롬에 대해서 알고 싶어."

"날 바보로 알아요? 당신의 부드러운 목소리를 들어본 지가 언제인지도 모르겠어. 당신이 통통한 몸을 뒤집으며 내게 그 옷 말고 다른 옷 입으면 더 예쁘겠다며 관심을 보였던 게 언 젠데, 사실 물 설고 산도 선 이곳에 당신 따라 왔는데 벌써 딴 여자에게 관심이 가 있으니 내 기분이 어쩌겠어?"

"소리 지르지 마. 잘 알아듣고 있어. 나도 직장에 나가서 받 는 스트레스가 큰데다가 헬런의 이상한 초청과 맞닥트리니까 나 혼자서 감당할 일도 벅찬데 옆에서 계속 브레이크를 거니 나 역시 돌아버리기 직전이야."

"당신, 여자 바보 취급하는 덴 뭐 있어. 혹여 헬런한테도 내 게 하듯 하면 은행에서 쫓겨 나."

"이젠 협박까지 하네. 당신 그렇게 자신 없어? 설령 그렇다 쳐도 그런 걸로 따지는 게 자존심 상하지도 않아? 당신도 빤 히 아는 비즈니스에서 무엇을 얻어오느냐가 관건인데 당신 생각수준이란 게 고작 그거야?"

정말 헬런과의 원 나잇 스탠드라면 갈 때 뭘 들고 가나? 그 것도 귀찮고 걱정되었다. 남들이 부러워하던 헬런의 초청인 데다 봄날 꽃을 찾는 나비가 되는 일인데 어쩌지? 속옷? 장 미? 향수? 아아 모르겠다.

"당신은 특별한 여자야. 다른 여자들 하고 다른 그 무엇이 있어. 우선 여자답잖아. 만약에 헬런과 할 수 없이 일이 꼬여 그녀와 얽히게 된다면 내 아내의 특별함을 확인하는 순간이기도 할 거야."

"여자다움이 뭔데?"

"당신처럼 얌전하면서도 할 거 다하는 것."

"나는 전부터 얌전하다는 말을 젤 싫어하잖아. 순결 때문에 어리석게도 귀한 목숨을 끊는 여자도 있잖수? 그런 여자들은 거의 다 얌전했어. 어이없지. 그게 말이 되는 소리냐고."

"누굴 말하는 거야? 고국에 있을 때 신문에서 본 순결녀들 말이지? 당신은 우리의 성 문화가 원시적이라고 생각하나 봐. 나는 우리의 것이 정상이라고 생각해. 왜냐하면 물론 당신은 여자를 소유 개념으로 본다고 반박하겠지. 허나 강력한 소유 개념에 강한 책임감이 따르거든. 누군가 또 '여자는 자궁'이라고 말했듯이 여자의 자궁이야 말로 태아의 안전한 요새여야 되잖아. 그곳은 한 치의 의심도 없는 곳이라야 해. 그런 면에서 여자는 한국여자가 최고라 이거지."

"차 좀 갓길로 세워 봐."

"집에 가 따지자. 즉 여기 서양은 자신들의 권리와 평등을 부르짖지만 실은 순결한가는 대답할 수 없잖아. 하지만 한국 여성들의 순결함과 모성애는 세계 어디에 내 놓아도 큰 소리 칠 수 있다 이거지. 그래서 여태 단일민족(?)으로 남은 거지. 사실 88올림픽을 앞둔 우리라 참지만 헬런의 원나잇 스탠드는 나도 맘에 안 들어. 이런 말 하지 않으려고 했는데 이번에 헬런이 성 때문에 나를 부른 경우라면 무언가 있을 거야. 그런 의미에서 나는 가족을 위해서 희생하는 거야. 이건 우리 식으로 생각하면 굴욕이야. 기분 좋은 일이 아니란 걸 알아줬으면 좋겠어. 국력과 깊은 관계가 있어서 참는 거야. 당신 남편이 한국의 빈약한 금융을 업그레이드 시키기 위한 전략가라고 생각해 봐. 그래서 말인데 그녀가 그렇게 나간다면 이참에 스위스를 접수하는 걸로 하지."

내가 나라를 등에 업자 그녀는 말을 바꾸었다.

"아까 당신이 한 말, 당신다운 대답이네. 여성 비하 즉, 여자들이 뭘 하겠어. 집에서 애나 낳고 키우시오. 뭐 그런 거 아니었어? 그리고 순결순결 하는데 남성 입장에서는 여자의 순결이지. 그 순결이 사랑보다는 생식기능으로 전락하는 경우가 많아지잖아. 그게 문제야. 이미 식어버린 사랑에 매달리는 여자가 잃어버린 순결 때문에 떠나지 못하는 경우 말이야. 내 순결을 책임지라는데 그 또한 남자도 엄청 난처한 거 아냐? 사랑은 식고 생식기능만 남은 둘의 사이 그들이 결혼을 한다. 이건 모래로 지은 집이지 사랑으로 지은 집이 아냐. 내가 이번 일에 당신을 이해하고 뒤로 물러섰다 하면 그것은 당신을 신뢰하고 사랑하기 때문이야. 물론 정부가 무언의 압력을 넣고 그런 현실을 무시할 수는 없으니까. 엘리트라고 자처하는 당신이라도 제발 깨라. 어서 깨요. 그래야 한국이 부흥할 수 있어. 진정한 사랑이 무엇인지도 모르고 혼기가 됐으니 시집가고 아기 낳는 기능으로 전락하는 거 우리 생각해 봐야해.

아마도 21세기가 되면 이런 일들은 싹 변할 걸."

"아기 낳는 일을 기능으로 치부하는 당신, 수정해. 그것은 여자에게 하늘이 준 숭고한 본분이야. 혹 애정이 없는 결혼생활을 시작했다고 해서 다아 실패했다고 볼 수는 없어. 아기가 생기고 새 생명을 기쁨으로 받아들이면서 둘 사이에 새록새록 새 애정이 생기는 경우가 허다 하니까. 어찌 보면 사랑은 그때부터 시작하기 때문에 일찍 시작한 사랑보다 사랑이 더 마디게 탈 수 있어. 그래서 백년해로도 가능한 거지."

영희가 나를 자주 올려다봤다. 그러더니 곰곰이 생각할수록 화가 나는지 아까와는 달리 갑자기 빽 소리를 질렀다.

"아니 뭐 이따위들이 다 있어? 엄연히 마누라가 옆에 있는데도 남의 남편을 꾀여내?"

"놀랐잖아? 만약에 그녀가 사디스트라서 나를 침대 모서리에 묶어놓고 가죽 채찍으로 내리치기라도 한다면 그런 생각은 안 해 봤어? 내 존엄이 무너지고 생사가 걸린 문젠데 말이야. 내 걱정은 안하고 자기 걱정만 하니까 그런 어처구니없이 철없는 말들로 내 힘을 빼는 거지. 남자가 태어나서 서양 상사한테 슐롱이 시험 당하기는 처음이야. 그 버거운 책임감 때문에 내 슐롱이 제대로 일이나 하겠어? 그런 막중한 사건을 놓고 적어도 고등 교육을 받은 여자가 그녀와 잘 거냐 말거냐로 사람을 이렇게 들볶는 거야, 응?"

"내겐 중요한 문제니까. 모른다면 모를까 알고서 가만있으란 말이야? 나도 이 문제를 계기로 당신의 성향과 성을 바라 보는 눈이 어떤가 알고 싶기도 했어. 이곳이 말도 통하지 않 는 타국이라 더욱 질투하는 거야.”

“운전이나 해. 화가 나서 이제는 더 이상 운전도 못하겠다.”

영희가 약간 기가 죽어서 운전석에 앉았다. 나는 조수석에 앉아서 생각에 잠겼다. ‘권력 앞에서 내 슐롱은 어떻게 반응 할까?’ 지위와 명성을 추구한다는 것은 무엇 때문인가? 우선 다른 사람들의 주목을 받고 헬런 같은 여자와 동등한 위치에 서 섹스를 한다면 명성을 얻었는가? 그것은 아니다. 나는 눈 을 감았다. 많이 피곤했다. 섹스야 암수 자웅의 일인데 지식 과 삶의 질, 물질의 량까지 따져야 하나? 원나잇 스탠드가 아니라면 2세를 생각해야하기 때문에 외모와 DNA 등을 복 잡하게 계산할 수밖에 없어. 에잇, 됐네 따지긴 뭐 그리 많 이 따지나.

13년 째 같이 산 우리 부부는 요즘 황혼녘 구름에 덮인 노 을처럼 빛깔이 선명하지 않았다. 영희는 이제 성질을 자주 부 렸다. 놀랍도록 앙칼지게 소리 지를 때는 무서웠다. 나는 영 희의 웬만한 건 미루어 넘어가고 짐작하면서 살았다. 즉 애정 이 그랬고 서로의 감정에 대해서 들춰보지 않았다.

“손님, 다 왔습니다. 손님 코를 많이 고네요.”

오늘은 슈플은행 창립 일이었다. 오늘 따라 하늘은 한없이 맑고 투명했다. 아침 티브이 방송을 틀자 사람들이 환한 웃음을 날렸다. 이렇게 햇빛이 좋은 데 내 기분은 밤 같은 대낮이다. 오디오에서 패티김의 '가을이 오면'이 흘러나왔다. 영희는 반찬을 접시에 담아서 식탁에 놓는 중이었다. 나는 일요일이라 4인분의 스파게티를 삶아서 쇠바구니에 건져놓았다. 영희는 '우리 신랑 최고야' 새삼스레 칭찬을 아끼지 않았다. 다시 CD의 4번째 노래가 끝나고 다시 패티김의 '가을을 남기고 사랑'이 시작되었다. 영희는 '패티김의 노래가 오늘 날씨와 딱 맞네.' 나를 봤다. 나는 어깨를 으쓱했다. 20분도 안 되어서 노래는 가을이 오고 가고 있었다. 우리 가족은 재작년 봄에 스위스에 왔다. 그때는 색다른 가을이었다. 모든 것이 아름답고 모든 것이 낯설었다. 우리 4식구는 어디를 가나 함께 다녔다. 이제는 스위스도 적응이 되어 우리 식구는 차분해졌다. 스위스의 가을도 떠날 준비를 하고 있다. 요즘은 내 생전에 가장 민감하고 나를 몰아붙이는 날이 많아졌다. 헌데 옆에서 영희가 종주먹을 대니까 자꾸 한숨이 터졌다.

티브이는 바람 부는 리마트 강가에서 사람들이 일광욕 하는 장면을 보여줬다. 일부는 하늘을 향해 활을 쏘는 포즈를 취했다. 그 사람들의 뒤로 가을 햇살이 밝다. 고지대인 스위스는 울창한 숲과 초원, 만년설을 인 신비의 알프스 산, 하이디, 초정밀 기계, 에메랄드 빛 호수 등 아름다운 자연의 나라였다. 우리 부부는 이곳에서 아이들을 키우고 싶었다. 이런 목가적인 환경에서 아이들이 자란다면 저희들이 살다가 어려움을 당해도 당황하지 않고 문제를 보다 차분히 해결할 것이라는 믿음이 있었다.

헬런의 집은 근방에서도 눈에 띄었다. 나는 벨 버튼을 눌렀다. 이미 전화연락이 된 상태라 별 절차 없이 문이 열렸다. 먼저 눈에 띄는 것은 정원에 서 있는 슈플은행의 창립자인 샤롬의 흉상이었다. 나는 샤롬을 향해서 고개를 숙였다. 샤롬, 반갑습니다. 난 한국에서 슈플은행의 일을 배우러 온 이정준입니다. 원하면 통한다고 드디어 오늘 이렇게 뵙게 되었군요. 당신을 직접 보다니! 이게 꿈은 아니겠죠. 그럼, 저는 헬런한테 갑니다. 나는 다시 헬런의 집을 보았다. 맑은 가을 하늘 아래의 건물은 언뜻 보기에는 독일식 고딕양식에 영국식을 가미한 듯했다. 저만치 한발자국 물러나서 나를 기다리던 앳된 아기씨가 있었다. 우리는 서로 웃었다. 나는 그녀의 뒤를 따라서 형식뿐인 비스듬한 계단을 올라갔다. 그 집은 3층 건물인데 울창한 나무가 정면을 가려서 밖에서는 3층만 보였다. 5대째 살고 있다는 그 집은 잡지에 몇 번 실릴 만큼 독특하고 아름다운 집이라 했다. 내부가 궁금하지만 아직 나는 현관에 닿기 전이었다. 세계의 슈퍼부자들이 속속 스위스로 거처를 옮긴다는 뉴스를 신문에서 읽었다. 스위스는 울타리가 없고 띄엄띄엄 펼쳐 사는 게 목가적이며 아름다웠다. 병을 깨서

담 위에 박고 경계의 날을 세우던 한국의 모습을 보다가 울타리가 없는 이곳에 도착하자 우리가족들은 오히려 고개를 갸우뚱했다. 88올림픽을 위해서 연일 철거가 주제가 된 서울을 떠 올렸다. 매일 같이 허름한 집들은 88올림픽을 위해서 하얀 먼지를 날리며 풀썩풀썩 내려앉았다. 집을 잃은 수십만 철거민들은 거리로 내몰렸고 그들은 울부짖었다. 내 집 내놔! 내 집 내놔. 가난을 큰 간판으로 가리고 일단 88올림픽을 치른다는 소문이 날아왔다. 그 후, 집약적이어서 관리가 편리한 아파트가 지어질 거라는 전갈도 받았다. 헬런의 집 현관문이 열렸다. 키가 크고 세련된 블론디 머리가 나를 환영했다. 세련된 톤으로 안정감과 편안함을 주는 실내로 안내되어 차 대접을 받고 있는데 안에서 헬런이 환하게 웃으면서 나왔다.

"어서 오세요, 코리아의 이정준씨."

아까 내게 문을 열어준 아가씨는 내가 들고 온 꽃다발과 향수를 담은 꽃바구니를 헬런 앞으로 내밀었다.

"고마워요, 정준씨."

나를 보고 헬런이 환하게 웃었다. 은행에서와는 달리 우아한 드레스 차림이 딴 사람으로 오인하게 만들었다. 헬런은 집에서 더욱 젊어 보였다. 능력이 있는 것도 큰 매력인데다 다 가진 그녀가 샘이 났나. 화가 나거나 샘이 나면 영희를 떠올렸다. 마침 가을바람이 불었다.

역시 영희와 많이 다투고 난 뒤라 그런지 여전히 영희가 한 말과 그녀의 표정이 내 안에서 떠나지 않았다.

"아니 뭐 이따위들이 다 있어? 엄연히 마누라가 옆에 있는데도 남의 남편을 꾀여내?"

"당신한테 부탁하고 싶다. 제발 고달픈 남자들의 삶을 이해해달라고."

"알았어."

"아마도 나와 사업적으로 할 얘기가 있을 거야."

그녀가 작은 악마, 사디스트라는 소문은 없었다.

"알다시피 스위스는 PB 즉, 프라이빗이 발달했잖아. PB로 은행 수익이 짭짤하지. 한국 역시 앞으로 금융규모가 커지면 수익이 좋은 다양한 금융 시스템을 도입해야 해."

"내 집 주위에는 많은 프라이빗 고객들이 살고 있어요. 부자들은 자기 부를 지키기 위해서 자신의 돈을 불려줄 사람 근처로 모여들 지. 한국도 금융규모가 커지면 반드시 이 시스템을 받아들이겠지. 원한다면 언제든지 자료를 줄게 말만 해. 한국이 작다지만 우리나라에 비하면 크다고 들었어요."

그녀는 대화중에 헤어핀으로 고정한 머리를 풀어헤쳤다. 나는 속으로 놀랐다. 그녀의 머리는 어깨 위에서 풍성해졌다. 그것은 우리 서로 고독하게 살지 말자는 신호로도 보였다. 나는 일어나서 화장실에 갔다. 화려한 대리석 화장실에는 또 다른 보물이 있었다. 금장식을 한 양머리가 동쪽 벽 중앙에 걸려있었다. 손을 닦고 일부러 금빛 양머리 아래에서 내 슬롱을 주물러 세웠다. 놈은 성이 나서 나를 노려봤다. '야아 무섭다. 너무 그러지 마.' 거실을 돌아앉은 헬런의 개인접견실은 호젓했다. 와인이 준비되어 있었다. 위축되어 부자연스럽던 조금 전과는 달리 나는 차츰 자연스러워졌다. 나는 이 아름다운 헬런과의 단독대면이 특별한 기회가 되기를 바랐다. 헬런은 고독을 숙명으로 태어난 인간은 누구가의 체온으로 위로받는 약한 동물임을 스스로 폭로하는 것이다. 헬런은 감상주의자였다 나는 그녀를 내가 먼저 행동으로 움직여 보자고 생각했다. 그녀는 독일 태생인 할아버지 성격을 닮아서 자유로웠으며 소탈하다는 소문이었다. 실제로 은행에서 봐도 그녀는 까다롭지 않았다. 서양의 여자 상사와 동양의 남자 파견자가 아담과 하와가 되는 순간이었다. 나는 그녀의 오묘한 취미에 흥미를 느꼈다. 드디어 우리는 에덴동산에 닿을 분위기에 도달했다. 둘이서 거리낌 없이 벌거벗은 몸으로 만난다는 게 쉬운 일인가? 이쯤 되니 내 안에서 차분한 자신감이 차올랐다. 그녀가 내게로 왔다. 나는 잠시 숨이 멎는 긴장감에 크게 숨을 들이마셨다. 정말 내 가슴을 손바닥으로 쓸어주는 시늉을 했다. 헬런이 웃었다.

"잠깐!"

나는 건방지게 손으로 스톱 사인을 했다. 우리 아버지 아들 놈답게 의식을 치르자고 제안했다. 헬런의 눈이 똥그래졌다.

"무슨 소리?"

"특히 나는 당신과의 인연이 소중해서 우리식의 예를 갖추고 싶다. 나를 따라서 한 번 해보라. 그렇지 않고는 소중한 인연일수록 서로 등을 대고만 있다가 헤어져야 한다. 만약에 그대로 사랑을 한다면 저 세상에 계신 내 아버지가 꿈에 나타나서 화를 내실 것이다."

"그래? 정준씨 나라의 예라는 게 뭔데?"

그녀는 짜증보다 호기심어린 큰 눈으로 나를 봤다. 내가 그녀의 호기심의 끈을 잡아끌었다. 우선 내가 세 발짝 뒤로 갔다. 내가 뒤로 가라는 손짓을 하자 그녀도 그대로 했다. 내가 만든 우리의 풍습이 아주 잘 먹히는 중이었다. 그녀는 내가 말하는 조건을 존중해 줬다. 우리는 서로 맞절을 했다. 내가 먼저 시범을 보이고 나서 헬런에게 그대로 해 보라고 했다. 그녀는 다리를 한쪽으로 무너뜨려 쪼그리고 두 손을 이마 위로 올리면서 엎드려 절하는 자세를 보고 있자니 그녀는 '행복의 사자'란 생각이 들었다. 나는 너무 재고 따졌다. 앞으로는 더 진실하게 살자!

"아유 귀여우셔라!"

나는 아무것도 모르는 그녀의 뺨에다 키스를 퍼부었다. 놀란 그녀는 나를 봤다. 오직 내가 하라는 데로 하려고 애쓰는 그녀야 말로 어린이 같은 어른이었다. 나는 양심에 가책을 느꼈다. 나는 헬런을 일으켜 세웠다. 그녀는 오히려 그게 재미있었나?

"호호."

"하하."

그녀가 웃었다. 다행이었다. 나는 못 말리는 사람, 헬런을 조심스레 안았다.

이번에는 내가 몸이 달았다.

"그만하죠."

그날 나의 색다른 섹스는 그렇게 시작됐다. 나는 남녀 간에 헬런이라고 별건가? 나는 그녀를 다정하게 부둥켜안고 키스를 했다.

"우리 유래에 하룻밤 인연으로 만리장성을 쌓는다 했죠. 중국의 한 남자가 한 여자와 하룻밤 풋사랑을 한 뒤에 만리장성을 쌓는 데 남은 생을 다 바쳤대요."

"그건 또 뭐야?"

"중국 진시황 때의 일인데 결혼한 지 한 달밖에 안된 남편이 만리장성을 쌓는 일에 부역으로 끌려갔어요. 산속에 있는 집에는 신부 혼자 남게 됐죠."

헬런이 자기 손가락을 내 입에 갖다 댔다.

"횟! 그만."

온 몸이 분홍빛으로 변한 헬런은 내 안에서 화려하게 피어났다. 테라스에서 새가 울었다. 그녀의 얼굴은 더욱 붉게 상기되고 새소리는 더욱 격렬해졌다. 새소리가 신경에 거슬렸다. 새가 우는 것은 불손한 나를 고발하는 것 같았다. 내 슐롱이 내 마음을 눈치 채고 조금씩 잦아들었다. 물고기는 물로부터 만들어지고, 새들은 물과 잘 섞이는 늪지로부터 만들어졌듯이 거기서 만들어진 모든 동물들에게 지식나무열매를 주자 불사조만이 그 열매를 거절했다. 마침내 불사조는 태양의 뜨거운 빛들을 자신의 날개로 받아내는 바람에 모든 생물들은 살아갈 수 있었다. 나는 불사조의 날개 같은 사명감을 느끼면서 헬런이라는 별을 조심스레 안았다. 우리는 불행을 느낄 때에도 통찰을 키워가면서 끊임없이 발전하는 끈기 있는 민족이었다. 통통한 헬런의 얼굴이 곱게 아주 곱게 내 눈앞에서 일렁였다. 그러더니 헬런이 감았던 내 목을 풀고 자리에서 일어났다. 드디어 헬런이 입을 열었다.

"이번에 정준씨네 나라가 통일될 것에 대비해서 그곳이 어떤 곳인가 가보려고 해. 우리 서로 정보를 교환하면서 잘해 보자고. 아마 이달 내로 임진강 부근 땅을 돌아보고 와야 할 거 같아. 그때 정준씨도 같이 가자구."

"네. 그런 계획이 있었어요?"

나는 아까 우리식 의식을 치루기 잘했다는 생각을 했다. 일단 내가 그녀를 극복한 것이라면 아주 잘 한 것이다. 반면에 활달한 서양 여자들의 진면목을 보지 못한 게 아쉬웠다. 허나 사람은 기(氣)로 사는 것이다. 내가 기(氣)로 그녀를 제압했다면 된 거 아닌가. 한편 생각하면 헬런과의 인연이 기막힌 거였다. 이내 내 속에서 스멀거리며 차오르기 시작하는 희열은 그 간의 누적된 내 모든 걱정근심을 일시에 날려버렸다. 우리는 다시 진한 키스를 오래도록 했다.

　아버지! 전쟁에서 이긴 자의 쾌감을 아시죠? 이 승리를 아버지께 바칩니다. 나는 의기양양해서 그녀의 뺨에도 키스를 했다. 아주 짧은 순간 '이 여자가 내 진정한 짝이 아니었을까?' 생각하면서 나는 그날 그렇게 스위스를 접수했다.

엄마의 가시

한 많은 우리 엄마 세대에는
가시가 늘 한 바구니였다.
고난을 잘 견뎌야 앞길이 창창하니라.
다독이던 내 어머니
죽을힘을 다해서 자식을 키워내던 내 엄마도 실은 꿈 많던
소녀였다.

엄마의 가시

남도

강물이 리을리을 흘러가네
술 취한 아버지 걸음처럼
흥얼거리는 육자배기 그 가락처럼

산이 산을
들이 들을
물이 물을

흐을르을 흐을르을

전라도에서 절라도까지
리흘리흘 목숨 줄 감고 푸는 그 가락처럼

- 시: 이대흠

봄이면 착한 연인처럼 온 동산에 자잘한 꽃 피우고 키 큰 오동나무는 딸 가진 부모님, 옥순아, 금순아 혼수용 장롱 만들기 전에 죽 서 봐요. 인증 샷 남겨야지. 바람 때문에 허리가 휘었어. 하는 듯이 오동나무 잎이 바람에 너울댔다.

나는 부모님을 모시고 인증 샷을 찍으려는 자세로 주머니에 든 스마트폰을 꺼냈다. 아침이슬 채는 야산에 아지랑이처럼 추억이 아른댔다. 우리가 뛰놀던 옛 동산이 일시에 일렁이는 어지러움을 느꼈다. 나무들이 우우우 소리 질렀다. 재잘재잘, 어린이들은 유난히 재잘대면서 자랐다.

멱 감고 뛰놀던 실개천이 시멘트로 철벽 쳐 버렸다. 겨울에 썰매타기 좋도록 얼던 개천, 유년시절에는 개천에서 물장구치면서 놀기도 하고 겨울에는 썰매지치며 뛰놀던 곳이었다. 하지만 어른이 되어서는 얼음개천에다 머리를 처박고 물구나무서다가 얼음 깨진 진창에 처박혀서 버둥거릴 때도 있었다. 나는 인공 이슬방울을 만들려고 주전자에 물을 담아왔다. 소나기가 내린 것처럼 물을 뿌렸더니 꽃과 잎이 방울방울 이슬 맺혀보였다. 저렇게 고운 아침 동산을 보면 평생 독기 한번 품지 않고 미소로 사랑만하다가 죽을 것 같다.

"이슬이 영롱한 풀꽃 사진 열 장만 부탁한다."

야산에 피어난 꽃들은 옛 친구들의 얼굴이었다. 나는 휴대폰 카메라로 이슬방울이 맺힌 꽃을, 꽃마다 정성들여 여러 장 찍었다. 꽃에 맺힌 이슬방울은 사진 속에서 잠든 아가의 배냇

짓 웃음이었다. 이만하면 사촌인 우용이 오빠가 좋아하겠지. 오빠는 한국의 사계절을 찍은 사진으로 전시회를 할 만큼, 사진 찍기를 좋아했다. 지금은 캠핑 장비 사업가이다.

우용이 오빠는 지구온난화를 걱정했다. 어떤 꽃이 피었으리라 싶어서 그 꽃을 찾아가면 이미 야생화는 꽃 대신 열매를 달고 있기 일쑤였다. 꽃들은 서둘러서 씨앗으로 변해버렸다. 나는 논둑으로 내려섰다. 봄이라 논둑길은 꽃과 푸른 기운으로 가득했다. 종달새가 울고 개구리 울음소리로 내 고향 농촌은 부산했다.

물론 한 생을 살아내려면 식물들도 시련을 거쳐야 한다. 모든 식물들은 태어나면서부터 바람과 친해지는 연습을 했다. 그래야만 바람의 횡포에도 잘 살 수 있다. 늘었다 폈다 일어났다 주저앉는 오랜 연습을 거쳐야 바람에 짓밟히지 않고 살아날 수 있다. 그런 훈련은 몸과 마음에 근육을 만들었다.

그제 밤에 친정어머니는 베란다에 둔 찹쌀을 내다 물에 담갔다. 내가 의심 문 눈으로 보자 '나는 죽을 날 받아놓은 사람이여!' 내가 큰 잘못이라도 저지른 것처럼 어머니는 희 뜬 눈으로 내 쪽을 봤다.

"우리 우울한데 바람도 쐴 겸 고향에나 가보자. 판쇠네 돈도 갚고 네 친구 우식이가 이혼했다는 디 거기도 가서 이혼한 사람들끼리 속에 있는 말도 하고 말이여."

나는 티브이를 켰다. 세상이 수상했다. 화면 가득 바람에 휘어지는 불꽃이 불똥을 튀면서 맹렬히 타올랐다. 진노한 화마가 온 산을 무섭게 핥았다. 알고 보니 지구 온난화로 호주에서 산불이 크게 났다. 한번 불이 나면 서너 달씩 이산저산을 삼킨 뒤에야 저절로 꺼진다는데 참 무섭다. 티브이를 보다가 나는 마치 내게도 곧 산불 같은 재앙이 닥칠 것 같아서 자리에서 일어났다. 목화 농사꾼들이 물을 너무 많이 쓰는 바람에 너른 강 하나가 말라붙었다. 마른 강은 어느새 도로가 되어버리고 그 위로 차들만 들락거린다는 것이다. 그런 그들을 향해서 지역주민들은 산불이 난 것은 당신들 목화농사꾼들 때문이니 벌금을 내라 아니다로 지금까지 싸운다. 밤 뉴스에서도 호주의 산불은 무섭게 타고 있었다.

한국도 문제가 많다. 여기저기 개발이라는 이름으로 흙바닥을 숨도 못 쉬게 콘크리트로 싸버린 경우도 있을 것이다. 그 바람에 지하수가 마르고, 땅속에 저장된 지하수의 많은 양이 곧장 바다로 흘러가 버린 경우가 있을 것이다. 지금도 끊임없이 그것은 바다로 흘러갈 것이다. 머잖아서 우리도 물이 마른 강이 호주의 강처럼 도로가 되지 않을까? 땅 밑 역시 물길이 막혀 간다면 나무가 뿌리를 뻗을 수 없다.

나도 이제 40대 중반에 들어섰다. 어린 우리가 커서 장가가고 시집갔다. 그 중 우리 친구 우식이가 이혼하여 혼자서 애 셋을 키운다. 혼자된 우식이도 볼 겸 나는 어머니와 함께 고향에 가기로 했다. 고향은 늘 따듯하고 온화했다. 고향은 내

진정성이 통하는 곳이었다.

"서울은 오히려 유과를 만들 설비가 드르르한 방앗간이 있어서 좋아."

수 년 만에 방문하는 고향인데 빈손으로 갈 수 없었다. 고향사람들 모두가 하나의 정의 벨트였다. 떡 한 개, 부침개 한 장이라도 이웃과 나눴다. 농촌은 나누는 것을 잘해야 평이 좋다.

내가 찾아간 방앗간은 우리 집에서 다섯 정거장 거리에 있었다. 내 어린 시절의 방앗간은 큰 마을에 하나씩 있었다. 명절 때와 자식들 등록금 낼 때에는 방안에 꽁꽁 묶어둔 나락을 찧기 위해서 어머니는 동네 방앗간에 갔다. 나는 지금 불린 찹쌀을 차에 싣고 방앗간에 가는 중이다. 주인은 내가 건넨 불린 쌀을 받아서 사각주둥이에다 주르륵 부었다.

"탈탈, 탈탈…"

모터 돌아가는 소리가 나자 방앗간 주인은 기계에서 떨어져 나와 자기 의자로 가서 앉았다.

"요즘은 방앗간 수입이 그전 같지 않죠?"

"내 손으로 직접 하니께 그럭저럭 유지가 되지, 아니면 힘들지요. 내손으로 기계를 수리하고 관리하고, 쌀도 직접 도정하니께 여태 버티지요. 아님 벌세 일 났지요. 뭐, 다 자기 복탄대로 사는 거지요. 달달달, 이제 정미소 기계도 늙어서 그악스레 소리 질러요. 탈 탈 탈…"

칠십 노인이라는 방앗간 주인이 힘주어 자기 손을 부챗살처럼 확 폈다. 기형에 가깝게 툭 불거진 엄지와 검지를 내 앞에 들이댔다. 그의 손은 정맥이 불끈 솟고, 마디와 공이가 노동의 연륜을 말해주었다. 하지만 순하나 힘이 느껴져 숭고해 보였다. 식구들을 위해 애쓰고 힘쓴 훌륭한 손이었다. 허리는 약간 굽었지만 몸놀림도 잽쌌다.

나는 아저씨의 순박한 얼굴을 보면서 웃었다. 정미소 밖으로 나왔다. 물질적 풍요 속에서도 흔들리지 않고 수십 년을 버텨온 아저씨의 평온함은 풍요와 쾌락이 가져다 준 것이 아니었다.

내가 열네 살 때 서울로 갈 때만 해도 고향 길 자체가 비포장도로여서 소가 뛰어오듯이 돌이 택시를 때렸다. 지금은 도시 못지않게 집안에 정원을 들여놓고 집 앞에는 자가용과 짐차가 보였다. 눈을 들면 들과 산이어서 눈길 닿는 곳마다 꽃이었다. 여기저기 걷어놓은 논두렁 위에 검은 비닐이 보였지만 그것들 역시 무책임하지 않고 묶어서 잘 갈무리 된 뒤였다. 동네 안으로 들어갔다. 고목나무 아래 정자에서 고향 사람 둘이 보였다. 거기다 차를 세웠다. 차에서 내려 동네사람들을 향해 인사를 했다. 유과를 담은 상자를 정자로 옮겼다. 그들이 유과를 보고 웬? 하고 놀라는 사이에 어머니가 미처 다 열리지 않은 차 문 사이로 뒤뚱, 혼자 내리는 모습이 위태롭다. 내가 달려가서 어머니를 부축했다. 흰 수염이 바람에 살짝 나부끼는 여유가 멋져 보이는 오른쪽의 어른이 어린 시절 내 친구 영자의 아버지였다. 영자는 이미 위암으로 세상을 떴다. 우리가 나타나자 한적한 시골에 개들이 짖고 우리를 본 사람들이 동네를 돌며 동네 어른들을 모셔왔다. 유과 잔치가 벌어졌다. 거기 오는 동네 사람들이 들고 갈 유과를 비닐봉지에 나누어 담았다.

우리 가족은 칠십년 대 중반에 고향을 떠났다. 남편은 지금 몽골이 그 당시와 같다고 했다. 그의 물에 대한 관심은 지대했다. 아마도 그와 결혼 후에 내 어린 시절의 수리조합 얘기를 자주 한 게 그에게 영향을 줬는지 몰랐다.

"시골이라고 미학적인 부분은 아예 무시한 채로 시멘트로 무박하게 철벽을 해버렸네. 그거 보고 나 충격 먹었어. 우리가 잘 산다는 것은 물을 얼마나 깨끗하게 지키느냐야. 나 말이야. 나 좀 이제 놓아줘. 사막에 가서 농사를 지을 계획이야. 남은 내 생을 사막에 바칠 생각이니 나 좀 이해해줘. 앞으로 자연재해는 주기적으로 오게 되어있어."

"거 좋은 생각이네."

하도 어이가 없어서 나는 딱 그 한마디만 한 뒤부터 그와는 말이 하기 싫어졌다. 헌데 그 일이 현실이 되고 말았다.

우리 동네는 우르릉 쾅쾅, 부르르르 부타 질 나쁜 기계소리에 가뭄이 도망갔다. 마치 설익은 건달이 서슬 퍼렇게 설쳐대다가 정작 싸움에는 실망만 안겨주듯이 잔뜩 기대에 차서 온 동네가 흥분으로 들떠 있으면 기계가 돌다가 푹 꺼지고 주저

앉아버렸다. 우리는 크게 실망했다. 가물어 논바닥이 갈라지면 작은 웅덩이에 송사리 떼가 고물대고 우렁이가 혀를 밀어 올리던 자연의 모습들이 우리를 즐겁게 하던 곳이었다.

"어서 물이 와야 할 텐데…"

햇볕에 검게 그을린 동네 사람들은 논바닥만큼이나 목이 말랐다. 드디어 치치지 푸푸키 모터 도는 소리에 힘이 실리면 온 동네 사람들은 시원한 물줄기를 기대하면서 그곳으로 달려갔다. 대형 펌프에서 은빛 물이 펑펑 쏟아지면 온 동네는 깨끗하게 때를 벗었다. 물은 흘러 흘러서 가물어 갈라진 논바닥으로 들어갔다. 우선 죽은 송사리 떼들을 쪼아대던 논병아리들은 경쾌한 울음소리를 내면서 사방으로 흩어졌다.

지금 우리는 소비에 익숙하다. 원하는 것을 갖기까지 참고 견디기보다, 어떻게든 지 손안에 넣고서야 직성이 풀리는 세상에 산다. 그래서 너 나 없이 맹랑하다. 아니 골고루 궁했던 과거보다 훨씬 졸렬하고 파렴치해졌다. 과거에는 수치로 알던 일이 지금은 넉살과 뻔뻔함으로 포장되었다. 인정사정 볼 것 없고, 체면 염치 볼 것 없다. 지혜보다는 지식이 웃자라서 사람을 어이없게 만든다. 그래도 우리 어머니는 염치를 알고 이웃을 내 몸같이 알라는 가르침 속에 살아오셔서 젊은 시절 친구의 신세 진 일을 잊지 않으셨다. 그때 질투와 복수를 앞세우고 일을 저지른 것을 뉘우쳤다. 그 일이 가시가 되어 수시로 가슴을 찌르는 바람에 견딜 수가 없는 우리 어머니였다.

나는 최판쇠라는 문패 앞에서 잠시 숨을 돌린 후에 벨 버튼을 눌렀다. 집안에서 인기척이 났다. 나는 깨금발을 하고 대문 안을 기웃거렸다. 부자 냄새가 진동했다. 너른 텃밭 서쪽에서 두 노인이 일어섰다.

"누구여?"

"저 여진이에요. 영달이 오빠 동생이에요."

"으응? 뭐라고?"

"저 아래채에 살던 영달 오빠 여동생이라고요."

대문이 열리고 흰 머리를 인 판쇠 오빠가 나왔다. 그가 우리 어머니를 보고 놀랐다. 나도 할아버지가 된 판쇠 오빠를 보고 놀랐다.

"아이쿠, 몰라보것구먼요. 어서 마루로 올라가십시다. 아니 시방 이분이 그 멋쟁이 안터댁이란 말이여?"

판쇠 오빠가 믿기지 않는다는 듯이 우리어머니를 힐끗거리며 어이없어했다.

"세월한테는 못 당하겠구먼."

"오빠, 안녕하세요? 서울에서 해온 유과 좀 드셔요."

"웬 유과를 다 해 왔어?"

"옛날에 우리가 자주 먹던 과자여서 만들어 봤어요."

"어머니 어디 계신가?"

"우리 어머니요? 벌써 세상 뜨셨지요."

"어이쿠, 그 동상이 결국 갔구먼."

어머니는 서울에서 예까지 오는 동안 꼬불쳐 두었던 얘기들을 풀어냈다. 과거에 있었던 이야기인가 보다 미루어 짐작하고 건성으로 듣고 말았던 이야기였다. 헌데 이번에는 꽤 구체적으로 얘기하셨다.

"너는 이 어미를 속없다고 욕할 것이다. 허나 죽을 날 받아 놓으니께 마음이 잔뜩 졸여서 할 수 없이 네게 신세를 졌다. 남편이 사막에 낭구 심는다고 너를 떠나버렸으니 네 쓰린 속을 에미가 왜 모르것냐? 그 당시 내가 판쇠네 나락을 쓸 수밖에 없던 얘기를 하마. 며칠 전에는 판쇠 어머니가 꿈에 보이더라."

어머니의 눈자위가 금간 항아리에서 새어나오는 물처럼 지분거렸다. 그 부분은 어머니의 자존심을 여지없이 뭉갰다. 이미 늘어져 조절능력을 잃어버린 눈자위의 살갗이 서해안 줄기 따라 막 물기 걷히기 시작하는 갯벌을 닮아 있었다.

"갈치나 복어가 왔어요. 생선 사게요."

갑자기 생선장수가 나타나 동네 고샅을 뒤흔들었다. 개들이 일제히 짖어댔다.

'풍년이 들어도 쌀값 폭락으로 힘들고, 흉년이 든다면 수확이 적어서 걱정입니다.'

이곳도 더 이상 몸과 마음이 편안한 고향이 아니란 생각이 들었다. 들녘 가득 자운영 꽃이 안개 속에 잠겨서 상상력을 자극했던 곳인데, 쌀값 걱정에 사람들의 표정이 어둡다. 내 곁을 떠난 남편 때문에 내 가슴에도 안개비가 내렸다. 나는 어머니가 판쇠 오빠네 집에 계시는 동안, 동네 한 바퀴를 돌아보겠다며 밖으로 나왔다. 아침에 멀쩡하던 하늘이 구름이 끼기 시작했다. 텃밭에는 파와 어린 마늘이 푸르게 자랐다. 담 끝에는 향이네 집이었다. 헌데 향이네는 도시로 나가고 서쪽 담 밑에 20여 마리 되는 소가 늘어서서 여물을 먹는 축사가 보였다. 그 옆에는 빈터가 보였다. 사람소리로 왁자한 곳이 바로 거기였다. 박수치고 떠들썩했다. 나도 사람 소리 나는 곳으로 갔다. 개가 헐레 붙는 중이었다. 개를 중심으로 둘러선 사람들의 들꽃 같은 얼굴에는 원시림처럼 싱싱한 웃음들을 물고 있었다. 나는 민망해서 돌아섰다.

서울에서 얼마간의 자금을 모은 아버지는 시골 초가집마저 팔아서 신문사를 차렸다. 부지는 면에서 내놓았다. 아버지는 건물을 마련했다. 신문사에는 한때 직원이 둘, 식자공, 신문기자 등 월급쟁이가 넷이나 됐다. 신문사에는 아버지와 비슷한 사람들이 드나들며 무언가 분주해 보였다. 아버지는 김씨라는 아저씨와 동업했다. 김씨는 낡은 윤전기 한 대를 들고 들어와서 그 윤전기를 직접 돌리는 실력자였다. 드디어 누런 종이로 찍은 신문이 나왔다. 그것은 당시 그 지역의 유일한 신문이었기에 아버지의 자부심은 대단했다. 신문사의 첫 삽을 뜰 때에는 도지사와 그곳 유지들 등 300여명이 모여서 술과 음식을 나눴다. 물론 도지사는 어머니의 삼촌이었다. 아버지의 열정과 연줄이 뭉쳐서 뭔가 잘 될 줄 알았다. 하지만 신문사는 2년 좀 지나서 문을 닫고 말았다. 지금처럼 신문에 광고를 싣는 것도 아니고, 그렇다고 신문을 봐 주는 사람도 몇 안 되었다. 그 일은 그 지방 수준을 높이고 문맹 퇴치하는데 한몫을 하겠다는 아버지의 꿈은 너무 이른 셈이었다. 당장 먹고 살기가 힘 드는 나날인데, 그런 무모한 일을 한 아버지는 조금 남은 재산 털어 만주로 간 독립운동가 보다 더 대책 없는 사람이었다. 그 일은 처음부터 어이없는 일이었다. 지금도 어머니가 간직하고 있는 신문, 우리 집의 보물 1호가 된 동일일보는 본래도 누런 종인데다가 세월이 덧입혀져서 글씨가 안 보일 정도였다.

우리는 더 가난해졌다. 어머니의 주선으로 판쇠네 아래채로 들어갔다. 겨울이면 불을 떼지 않아서 돌보다 더 차가운 방에서 고생했다. 그래서 나는 춥거나 덥거나 그냥 밖에 나가 노는 시간이 많았다. 그 당시 우리 집의 냉기 때문에 애들 속에서 시간을 보내던 창고 자리는 지금도 영농단지 창고였다. 거기도 역시 쌀 개방 반대한다는 붉은 글씨와 그 보다는 약간 바랜 글씨가 나를 맞았다. 심심하면 눈을 쌀이라고 불 위에 끼얹고는 했던 내 어린 시절은 그만큼 쌀이 귀한 세상이었다. 허나 지금은 쌀이 대접받는 세상이 아니다. 쌀이 우리의

혼이던 시절은 갔다. 쌀집 자리에 슈퍼라는 이름의 신종 가게
가 밤낮을 밝혔다.

판쇠오빠가 중학교에 가던 해에 우리 오빠는 아버지의 신
문사에서 심부름을 해야 했다. 어머니의 눈에 보이는 건 오직
판쇠오빠의 교복뿐이었다. 어느 날 지나가는 판쇠의 중학교
교모를 잠시 빌려 달래서 아들 머리에 씌워준 뒤에 어머니가
소리쳤다.

"아들아, 걱정마라. 중학교에 꼭 가게 될 거여."

어머니는 오빠를 꼭 껴안았다. 그 길로 어머니는 방앗간에
맡겨놓은 판쇠네 나락을 그만 돈으로 바꿨다. 켜켜로 쌓아놓
은 판쇠네 나락 가마 열 개를 보는 순간 어머니는 거짓말을
잘도 했다.

'판쇠 어머니가 몸이 아파서 나를 보냈다. 우선 주사도 맞고
약도 지어야하며 판쇠 중학교 등록금도 내야하니까 나락 값
을 현금으로 가져오라했다.' 어머니의 심각한 얼굴에 더욱 넋
나간 방앗간 주인은 어머니의 미모에 호감을 갖고 있던 터였
다. 방앗간 집 주인은 어머니한테 현금을 내주고 말았다. 현
금을 받아 쥔 어머니는 아들을 중학교에 보낼 수 있게 됐다.
자신감이 생긴 어머니는 곧장 면소재지에 있는 오빠가 다닐
중학교에 갔다. 그 학교에서는 공을 잘 차는 특기생을 우대했
다. 우리 오빠는 공을 잘 찼다. 그렇게 오빠는 중학교에 들어
갔다. 어머니는 동시에 아버지한테는 통쾌한 복수를 했다고

생각했다. 어머니는 고무신을 말갛게 닦고, 집안을 정리한 다음 집을 나섰다. 어머니의 옥양목 치마저고리는 오빠의 앞날을 책임지고 어디든지 날아갈 기세였다. 빈 보자기 몇 장을 챙겨 들고 시장으로 달려간 어머니는 사람들의 일상에 자주 쓰는 물건들을 사서 장사를 시작했다. 우리 부모는 부부라고는 하지만 서로 남 보듯 했다. 우리가 판쇠네 집에 거저 살고 있다는 것 때문에 아버지는 판쇠네 집안일을 거의 돌봐야 했다. 그때에는 여자가 바깥일을 보는 데 자유롭지 못했다. 봄이면 모심을 때 일꾼들에게 일거리를 분배하는 일이라던가, 가을이면 추수할 일을 미리 준비하는 일 등을 해줬다. 이미 동네사람들은 그런 아버지를 의심의 눈초리로 보았다. 온 동네가 둘에 대한 해괴한 소문들로 술렁였다. 둘이서 떼지 못할 사이라는 둥 도망가 살자했다는 둥, 하지만 아버지와 판쇠 어머니의 관계는 추측성 소문에 불과했다. 아버지는 판쇠어머니가 쳐다볼 수도 없는 큰 나무였다. 어머니는 쌀을 팔아 아들이 다닐 중학교로 달려갔다. 나는 어른들의 일이라 건성으로 봤다. 하지만 나는 왠지 집안 분위기가 전 같지 않아 들로 갔더니 망울진 개나리가 삐죽삐죽 피어났다. 여전히 내 가슴이 답답해서 논 가득 피어나는 자운영 꽃을 한 아름 베어 안고 집에 오면서 어린 나는 서울을 꿈꿨다. 그로부터 5년 후에 서울로 갔다.

어머니가 돈을 벌려고 집을 나간 뒤에 판쇠어머니는 어머니가 들고나간 쌀값에 기가 찼다. 판쇠 등록금주려고 맡겨놓은 쌀가마가 없어진 것을 알고 이를 어쩌나? 놀라자 아버지는 난처한 모습으로 이 여편네가 어쩌고 하면서 주변머리 없는 자신 때문에 이제는 손버릇까지 나빠진 모양이라며 판쇠어머니의 눈치를 살폈다.

아버지의 가슴에도 늘 비가 내리던 때였다. 가족들을 고생시키는 아버지는 늘 우울한 표정이었다.

"인사 혀, 용달이 놈 알지? 용달이 어머니셔."

머리가 허연 육십 대 중반의 남자가 나와 어머니를 향해서 고개를 숙였다. 나도 계면쩍어 하면서 판쇠오빠가 하라는 대로 인사를 했다. 그는 부산에서 사업을 하는데 어려서도 활달했던 나를 기억한다고 했다. 허나 나는 그가 누군지 생각나지 않았다.

"아니 그 멋쟁이가 이렇게 꼬부라진 거여?"

믿어지지 않는다는 듯 깜짝 놀라는 그도 역시 이 동네에서 소년기를 겪은 사람이었다. 소년이 백발을 이고 있는 자신의 모습은 생각지도 않고, 이미 극 노인이 된 내 어머니한테 놀라고 있었다.

"그려. 그런 일이 있어. 자네 엄니 돌아가시기 전에 오려고 했는디 그게 여의치 않아서 원. 다 관두고 말이여 내가 자네 엄니한테 나락 갚을 것이 있어. 그래서 나 죽기 전에 그 돈을 갚으려고 기어왔네."

"그런 일이 있었어요?"

"다 떠나고 없는 디 나만 이렇게 살아서 아이쿠 어쩌까 몰라."

"저는 금시초문인디요."

어머니는 다 삭은 이 뿌리에 몽똑하게 쪼그라진 입을 오물거리면서 또 그 명 타령이었다. 이상하게 어머니는 당신의 팔자타령을 하려면 혀를 차는 버릇이 있었다. 그리고는 비죽이 눈물을 보이는가 싶더니 예의 오래된 가죽지갑을 열었다. 그러자 고갱이가 들어찬 파란 배추 잎들이 나란히 누워 있었다.

"자, 여기 나락 값 받소!"

대추처럼 마른 판쇠오빠의 눈에서 반짝 빛이 났다.

"아이 뭐. 어머니도 안 계시는데 그냥 두시지요."

"그럴라고 온 거 아니네. 우선 내 속의 가시를 뽑아야 하니까 어서 받소. 이름 지어 버려야 쓰니께."

"정 그러시다면 받아서 우리 엄니 산소에 가서 고하고 쓰지요."

"아무렇게나 허소."

판쇠어머니의 산소는 동네에서 머지않은 곳의 광산 김씨 선산에 묻혀있었다. 나는 마을 어귀에서 그쪽을 향해서 고개를 숙였다.

"너야 살날이 멀었으니 말인디, 내가 판쇠 엄니 나락 값을 찾아 쓴 것은 아들 중핵교도 보내고 너그 아버지 복수도 하고 그런 거였다고 통쾌해 했다. 헌디 죽을 때가 가까워 오니께 그 돈, 그 돈이 가시가 되어서 내 가슴을 찌른단 말이여."

　오빠는 어머니의 가시로 주사를 맞고 자란 우리 집의 가장 큰 수혜자인 셈이었다. 오빠는 고향의 국립대학을 나온 뒤에 굴지의 대기업에 취직했다. 그때 우리는 오라버니가 타오는 월급으로 잠시 행복했다. 살림이 안정되니까 집안이 활기찼다. 그는 그로부터 오년 후에 결혼을 했다. 수순처럼 마누라를 데리고 미국으로 갔다. 미국 간 그는 한동안 어머니를 위해서 용돈을 보냈다. 어머니가 우리 집에 오신 뒤로는 별로 관심을 갖지 않았다.

　판쇠오빠네 집에 놀러왔다는 남자 손님은 담배를 입에 물며 한숨을 쉬었다. 요즘은 잠이 안 오고 잠을 제대로 못자니 자연히 우울하고 집중력이 떨어진다고 호소했다.

　"미친 듯이 난폭한 세상을 봤잖여. 어떻게 그리 사람을 죽여서 토막을 치것어. 미친 세상이라 그렇지. 뇌에 구멍 난 사람들이 떼로 일어나 광기를 부리다가 부들부들 떨며 죽어 갈 거란 말도 있어."

　지금 우리나라도 당장 문제라며 바이러스 파동으로 설렁탕 집도 문을 닫고 피신 왔다며 한숨을 크게 쉬었다.

　"쌀이야 말로 농민이 씨 뿌리고 온 우주가 함께 해서 우리 입으로 들어오는 것인디 누구 맘대로 감 놔라 배 놔라 하냔 말이여. 우리 조상 대대로 없던 정책을 누구 맘대로 맹글어서 농민 골탕 맥이냔 말이여. 누구나 도시에 나가 편히 살고잡지 이런 농촌에서 농투성이로 살고 잡퍼? 그래도 대대로 배운 것이 농사일이라 땅에 순응하면서 사는 디, 그것도 인위적으로 길을 막으니 나라가 이러고도 복을 받것어?"

남자 손님은 애국자처럼 큰 손을 휘두르면서 소리쳤다. 어머니는 혼자 중얼거렸다.

'자네가 아니면 우리 아들이 영 대핵교 문 앞도 못 갔을지 누가 아는가? 자네 말이여 알고도 모리는 채 넘어가 준 거 정말 고마웠어.'

판쇠오빠 어머니는 그 당시 혼자서 자식들을 키웠다. 판쇠네는 땅 부자였다. 판쇠아버지는 위장병으로 세상을 떴다. 서울에서 고향으로 내려와 고향을 위해서 뭔가를 해보겠다고 다니던 아버지는 통이 큰 사람이었다.

내가 자라던 고향집에 갔다. 그 당시의 고향집은 간곳없고 근사한 기와집이 들어앉아 있었다. 서울에 산다는 노인의 큰아들이 아버지를 위해서 기와집을 지었다. 뒷집까지 사서 밀어버린 넓은 뒤뜰에는 채소 대신 매화나무가 가득했다. 뒤뜰에서 일을 하던 노인이 우리를 반겼다.

"판쇠가 웬일이여?"

"으응, 전에 이 집에 사시던 어른이셔."

"아, 그러 신겨. 어서 마루로 올라오시지요."

나는 우선 동쪽 울타리 밑으로 가 보았다. 내가 어릴 때 보았던 매화나무는 거목으로 자랐고, 원추리 넌추리는 보이지 않았다. 대신 목련이니 무화과나무가 자라고 있었다.

다른 집으로 향했다. 그 집에서는 볍씨 한 되를 빌려 썼다고 했다. 내가 볍씨 한 되를 얼마 쳐 줄 거냐고 어머니께 물었다. 노인은 눈을 흘겼다. 하아 이상해서 내가 다시 물었다.

"야아, 볍씨 한 되가 가을이면 쌀이 얼매여. 기왕에 니가 효녀 노릇하려면 내 마음에 찌운 한 거 없게 해야지."

"누가 뭐래요?"

음료수 한 잔을 내온 할아버지는 손을 저었다.

"아이구, 관두세요. 이웃에서 빌려주기도 하고 빌려 쓰기도 하는 것이지. 그나저나 유진 아버지는 아까운 사람인디 때를 잘못 만나 고생 많이 혔지."

매화꽃 같던 우리 어머니의 눈에서 눈물이 비죽 비쳤다. 이승에서 진 빚, 다 벗고 깨끗한 상태로 떠나겠다는 어머니가 이 악한 시대에 존경이 갔다. 허리가 구부러지고 추레해진 우리어머니가 더욱 안타까운 순간이었다. '어서 죽어야지'를 되뇌면서도 삶과 작별하지 못했던 건 아마도 이런 자잘한 것들 때문이 아닐까? 그래서 눈을 못 감은 것 아닐까 싶으니까 미안해졌다. 뿐만 아니라 이제 노인이 세상 것 모두 훌훌 털고 내일이라도 이승을 떠나면 어쩌나 싶으니까 덜컥 겁이 났다. 그렇게 되면 당장 혼자되는 내가 불쌍했다. 그래서 짜증을 냈다.

"어머니는 딸이 혼자 된 이 판국에 십년 넘은 빚 갚느라 정신이 없네. 아니, 십년 지나면 법적으로 의무가 끝나요. 받을 사람도 없는데, 긁어 부스름 만드느라 애 쓰셨소."

"그 돈 땜이 저승사자가 나를 안 잡아가는 거여. 안 그러면 다 갔는디 왜 이 풍신을 안 잡아 가것냐? 여진아, 고맙다. 이 에미 소원 풀어줘서 정말 고맙다. 나는 이제 당장 죽어도 원 없다. 그거 갚고 나니까 가심에 얹어있던 바위 내려놓은 기분이여. 그전에는 내 안의 양심이 나 자신을 향해 자꾸 손가락질을 하는 거여. 내 자식 미래에 쓴 돈이라 더 가슴이 아프더라."

"엄마를 위해서 그 돈 쓰신 게 아닌데 딸한테 말 못하실 게 뭐 있어요. 아이구 우리 엄마, 정말 미안했어요. 딸년이 그것도 몰랐으니, 내 참 건성인 이 딸의 죄가 커."

나는 오후 네 시가 넘어서야 서울 가는 고속도로를 탔다. 휴게소에 들려서 간식을 사 먹었고 습관처럼 집에 전화를 했다. 물론 아무도 받지 않았다.

어머니와 고향에 다녀온 지 달포 쯤 됐나? 그날 밤 꿈에 뒷동산 가득 아름다운 매화꽃이 피어있는 꿈을 꾸었다. 뒤 이어 누런 들판이 불에 탔다.

"불이야! 불불!"

나는 꿈에서도 숨을 몰아쉬느라 헉헉댔다.

그로부터 며칠 후, 어머니는 잠을 자듯, 평화로운 모습으로
운명하셨다.

섹시한
신이라니

기찻길 철로 사이로 차디찬 어둠이 내려와 나를 덮었다.

목숨은 빛이 강하다!

눈을 감고 기차를 기다리는 내게로 어떤 기운이 왔다. 섹시
한 신이었다.

벚꽃 흐드러졌어도 나는 겨울처럼 추웠다. 잔뜩 움츠린 나를
보고 강아지가 짖었다.

섹시한 신이라니

죽음이란 우산을 영원히 접는 것이다.

나는 탄광에 가서 몇 달 일하다가 그만 두고 지금 막 고향으로 가는 기차역에 도착했다. 눈앞의 산이 검다. 이 지역은 모든 게 다 거무스레했다. 꽃까지도 잿빛이었다. 어떤 이는 그런 그곳을 빠져나갈 때마다 흰 옷으로 갈아입고 석탄재가 묻을까봐 살짝살짝 앞 뿌리만 짚어가며 발을 뗐다. 어느 날 그에게 흰 옷 입는 이유를 물었다. 나는 있는데 돈이 없어서 그렇다나? 깨끗한 내 영혼까지 더럽힐까봐서 허허, 라며 그는 머리를 긁적였다. 술은 늘 희망을 불러요. 이를 드러내며 웃던 그들이 웬일인지 대화중에도 버럭 소리를 지르거나 시비가 잦았다. 나는 그곳에서도 자리를 잡지 못하고 짐을 쌌다. 탄광에서 고향에 가려면 꽤 긴 시간 동안 기차를 타야 했다.

세계의 경제는 하나의 벨트를 탔다. 각 나라가 상호 의존적인데다가 어디선가 돈의 흐름이 막히면 동맥경화를 일으켰다. 미국의 서브프라임 모기지는 자국의 금융위기뿐 아니라 다른 나라에도 많은 영향을 미쳤다. 물론 미국경제에 의존적이었던 우리나라도 경제 침체를 불러왔다. 대출받은 은행돈이나 사채를 갚지 못할 뿐 아니라, 이자도 낼 수 없자 대출업자나 대출은행들이 부도가 났다. 나는 다행히 그때까지만 해도 아내의 병에 큰돈이 들어가지는 않았다. 세계가 차차 금융위기의 늪에 빠졌다. 결국 우리나라도 아내의 병처럼 차차 기운을 잃어갔다. 수출이 감소하고 경제성장률이 떨어졌다. 돈이 돌지 않으니 경제가 침체되고 내가 하는 서점에도 침체의 바람이 불어왔다. 기업마다 일자리를 많이 줄였다. 그 바람에 많은 젊은이들이 비정규직으로 밀려났다.

아내의 심장병은 차차 깊어갔다. 나는 아내를 서울대학병원에 입원시켜야 했다. 수술을 했으나 얼마 지나지 않아서 지방에서 서울로 와야 했다. 하지만 아내는 점점 병이 깊어갔다. 지방도시에서 서울까지 온 보람도 없었다. 나는 망연자실했다. 빚쟁이들은 서점 주위에서 서성였다. 어떤 채권자는 갑자기 서점 유리창을 꽝꽝 치며 분통을 터트렸다. 지방도시 서점의 손님이라야 학생들이 대부분이었다. 여학생들은 참고서를 고르다가 그런 광경에 놀라서 눈을 동그랗게 뜨고 그만 서점을 떠났다. 차차 서점에 대한 소문까지 안 좋아서 살고 있던 아파트를 헐값에 팔고 서점 문을 닫고는 밤에 줄행랑을 쳤다. 물론 환자는 서울의 대학병원에 입원시켜놓은 뒤였다. 그 사이에 정부나 기업은 체질개선을 서둘렀다. 그 결과 통신, 정보, 생명에 관한 첨단기술이 발달했다. 심신을 안정시키는 사이에 놀란 세상은 저마다 갖가지 아이디어가 쏟아지면서 책방마다 계발서가 불티나게 팔려나갔다. 조금 숨통이 트이자 두 딸과 잠시 나는 어머니 댁에 가 있었다. 나도 딸들과 함께 다시 서점에 와서 직원 한 명과 잠깐 책을 팔았다. 밥 먹을 시간이 없어서 주로 김밥으로 점심을 대신했다. 한 때는 정신없이 바빴다. 헌데 그 일이 길지 못해서 다시 서점 문을 닫았다.

내가 머물던 곳은 주로 날품팔이나 하룻밤 숙박이 필요한 사람들의 일일 합숙소였다. 그곳에 머무는 사람들은 저마다 절박한 일상을 짊어진 사람들답게 초조한 얼굴로 간단한 세수를 하고 이곳을 빠져나갔다. 주섬주섬 가방에 물건을 넣느라 바스락 댄 뒤에 가방의 지퍼 여닫는 소리, 빵조각이나 김밥을 씹으면서 두런거리는 소리며 석탄 난로에서 물이 끓는 소리 끓는 물을 컵에 부을 때 나는 쉬익 소리, 앗 뜨거 하는 소리로 나는 잠을 설쳐야 했다. 새벽 세 시 넘어서야 잠이든 나는 좁은 공간의 소란에 늘 잠을 깨고는 했다. 하루 1만 원하는 이곳 방값 때문에 노무자 혹은 자신처럼 갈 곳이 없는 사람들로 초만원이었다. 침대 위에 침대 놓기를 4층까지 하고서도 끄떡없이 다 잠을 잘 잤다. 나는 5천 원 싼 침대를 택했다. 모든 것이 경제 논리로 통하는 곳이라 오천 원 싼 데에는 그럴만한 이유가 있는데 즉 발을 뻗으면 가로놓인 내 발 밑 침대에서 자는 상대의 등을 찼다. 그 침대의 주인은 오전 5시면 일을 나가는데 그때까지 나도 깊은 잠을 잘 수가 없었다.

애들은 계속 시골 할머니 댁에 가 있었다. 학교도 다니다 중단한 상태였다.

다행히 요 앞 숙소 앞에는 바다가 있었다. 철썩이는 파도가 절벽에 부딪쳐 깨어지는 소리를 들으면서 혼자 바위에 앉아 빵이나 김밥을 먹었다.

나는 우선 빚쟁이들을 보지 않아 살 것 같았다. 빚쟁이 등쌀에 책방에 나갈 수 없는 나는 어느 날 찾아온 근처 A신문사 지국장이라는 사람의 신문 구인모집을 권유받았다. 한 사람을 모집할 때마다 상대에게는 일 년 보는 조건으로 현금 이만 원을 주고 모집책에게는 오천 원의 현금수당을 주었다. 모집책에 나섰다. 그것 역시 멀고도 험한 일이었다. 하루 종일 애써도 일만 원 벌기가 쉽지 않았다. 그날 저녁 석탄 광부를 지원하기 위해 거기 왔다는 후석이라는 사십대 남자를 만나 바다에 갔다. 소주 한 병이 두 사람의 속마음을 털어놓게 했다.

후석이는 이혼하고 떠돌다가 탄광촌으로 스며든 뒤부터의 생활에 대해서는 말을 아꼈다. 다음날, 나도 후석이를 따라서 광부를 지원했다. 석탄 산업은 사양 산업이었다. 천연가스 가격이 워낙 저렴한데다가 LED 등 에너지 기기의 발달과 제조업의 후퇴로 석탄이 산업사회의 기둥역할은 했지만 사회 환경 상 석탄이 한없이 밀리고 있었다. 몇 개 안 남은 석탄회사

중에 하나 고른 뒤, 우리는 막장에 들어가 일을 하기로 했다.

그날은 아침부터 면도를 하고 머리를 빗어 넘긴 뒤 무지 야구 모자를 쓰고 후석이와 탄광 앞에서 만났다. 일당으로 일단 일을 시작하는 날이었다. 후석이와 함께 갱 안에 투입됐다. 숨이 막히고 눈에는 분진 가루가 날아들어 눈을 뜨기도 힘들었다. 컨베이어 벨트의 소음으로 정신을 차릴 수도 없었다. 탄진가루가 불나방처럼 전등 빛을 에워싸는 바람에 멀리 볼 수가 없었다. 답답했다. 컨베이어 벨트 양 옆으로는 반라의 구리 빛 남자들이 무릎을 꿇고 일하는 모습이 흐릿하게 보였다. 그들의 빠른 손놀림과 반짝이는 눈이 신으로 보였다. 나쁜 신! 컨베이어에 얹혀가는 석탄덩이들도 마치 신들이 사는 마을 앞 냇물처럼 반짝대면서 흘러갔다. 다음 승강기로 옮겨진 석탄은 바깥으로 나갔다. 귀청을 찢는 컨베이어 벨트의 굉음은 따발총 소음과 맞먹어서 화가 나 있는 나를 더욱 분노케 했다. 머리부터 발끝까지 미세한 탄진에 덮여서 구리 빛으로 빛나는 그들은 세상에서 무서운 위선으로 살다가 지하로 쫓겨 온 뒤에 변한 신들 같았다. 나는 그들을 향해 총을 쏘는 시늉을 했다.

지하에는 재수 없으면 죽는다는 바위덩이가 매달려 있었다. 사람을 죽일 수 있을 정도로 큰 돌덩이가 총알 속도로 떨어져 내리는 바위들이었다. 숙련된 광부는 천정이 안전하지 못하다는 걸 본능으로 알 수 있었다. 하지만 나와 같은 초자는 그런 것을 알 리 없었다. 갱구에서 부상당한 광부를 즉시 치료하기란 불가능했다. 그런데 그날 나는 천정에서 바위가 떨어져 날품을 팔던 사람이 돌무더기에 묻히는 현장을 보고 말았다. 정신을 잃을 만큼 놀랐다. 부상자는 다행히 목숨을 건졌고 말도 할 수 있었다. 그때 또 다시 천정이 무너졌고 그들은 각자 목숨을 부지하기 위해서 죽어가는 사람을 놔두고 도망쳐야 했다. 이곳은 저승사자가 상주하는 곳이었다. 아까 다친 날품팔이 친구가 두 번째 깔리고 말았다. 그 날 탄광 안의 기막힌 광경에 넋이 나갈 만큼 놀란 나는 공황장애까지 얻었다. 그 뒤부터 사람들이 많은 곳은 몸이 떨렸다. 어디에도 발붙일 곳이 없다는 생각에 절망했다. 나는 할 수 없이 빚쟁이들이 찾아드는 책방으로 돌아왔다. 죽을 바에는 내 살던 곳에 가서 딸들도 보고 그곳의 맑은 공기와 커피나 마시고 죽자!

　나는 이미 공황장애로 극심한 심계항진, 즉 가슴이 심하게 두근거리는 빈맥증과 죽을 것 같은 공포감으로 내가 택할 길이라고는 자살밖에 없었다. 공황장애는 보이지 않는 누군가가 옆에서 자주 속삭였다. '죽는 게 나아. 어서 죽어, 어서 죽어!' 어찌된 일인지 죽음은 곧 이 세상을 빠져나가 또 다른 세상으로 옮겨 앉는 환상에 젖게 했다. 정말로 그날 '자살'하려고 맘먹었다. 그래서일까? 일시에 피로가 몰려왔지만 그보다도 더 다급했던 게 있었다. 걸신 병이었다. 이번에는 배가 고파서 도둑질이라도 해야 할 판이었다. 병처럼 찾아온 배고픔, 겨우 자리에서 힘없이 일어나 나일론 끈을 찾아들고 철길로 갔다. 죽기 직전에 마지막으로 무언가를 입 안 가득 물고 이 땅을 떠나고 싶은 욕구가 내 속에서 쑥쑥 자랐다. 하지만 나는 입에 먹을 것을 물고 이죽이면서 자살한다는 게 나 스스로에게 용서가 안 됐다. 기차가 들어오는 것을 미처 보지 못하고 그 자리에서 목숨을 잃는 바람에 사람들은 그곳을 죽음의 삼거리라 했다. 철길과 동네와 산으로 가는 길이 얽혀있어서 삼거리에서 사람들은 잠시 혼란이 생기는 모양이었다.

나는 철길에 주저앉았다. 주위는 자갈뿐이었다. 어린 딸들을 두고 죽음을 택하다니! 에이, 못난 놈 같으니라고, 스스로에게 욕을 했다. 하지만 뒤이어서 바로 중얼댔다. '미래가 안 보이는데 살면 뭐하나. 산사람들에게 폐가 될 뿐이다.' 반면에 나 또한 모든 어려움에서 놓여나는 길은 이 길뿐이다. 그러므로 죽음은 이승의 모든 것을 놓고 마는 것이다. 그것은 내게 곧 자유였다. 계속 내가 살아가려면 굴종과 손잡아야 된다. 그게 나를 더는 못 견디게 했다. 자유를 택하자! 나를 괴롭히던 빚쟁이들의 얼굴을 떠올렸다. 그들에게 죄책감을 느끼기는커녕, 나만 보면 호랑이처럼 으르렁거리면서 내 인격을 모독하고 나를 한없이 슬프게 하는 사람들이다. 그들을 떠올리자 당장 암담한 현실로부터 자유로워지고 싶었다. 나는 손에 쥔 나일론 끈과 가위를 들고 삼거리 쪽으로 재게 걸었다. 주검을 묶듯이 철길에 매듭을 세 마디씩 짓고 내 몸을 관속 같은 세 마디 속으로 밀어 넣었다. 나는 철길 사이에 죽은 듯이 누워서 기차를 기다렸다. 기차가 여기까지 오려면 바다도 보고 산도 보면서 와야 했다. 기차는 석탄을 싣거나 사람만 싣고 갔다. 한계령을 넘고 바람을 일으키며 칙칙폭폭, 잔잔한 나폴리, 독일의 오크통 속의 맥주, 페티 김의 사랑의 노래로 돌변한 기차소리가 아스라하게 사라지는 소리를 들었다.

내 체념은 빨랐고, 그래서 죽음을 맞을 준비는 끝났다. 눈을 감았다. 눈물이 났다. 감정의 기복이 심했다. 그것은 아직도 내려놓지 못한 것이 많다는 증거였다. 열심히 살았는데 나락으로 떨어져버린 내 처지가 한없이 억울하고 처량했다. 아내와 함께 살 때에는 이삼 년에 한 번씩 해외여행도 했다. 그런데 빚쟁이들과 드잡이하다시피 정신없는 나날이다 보니 그 어려운 일을 감당한다는 게 벅차고 힘들었다. 시방 이 세상에 살아있기나 한 건가 내 존재를 의심하면서 철길의 침목 마디 안에서 몸을 엎었다 뒤집었다. 마지막으로 달빛에 내 손을 들어 보았다. 달빛에 비친 내 손은 흙을 가지고 놀다온 애들처럼 흙먼지로 더럽다. 이제 나는 이생의 마지막 잠자리인 철길 사이에 누워서 다리를 뻗었다 오므렸다 했다. 어서 기차가 자신의 목숨을 앗아가길 바랐다. 그때 정말로 천정에서 바위가 떨어지는 공포를 느꼈다. 바위덩이가 온 몸을 짓눌렀다. 빚쟁이

들한테 시달리고, 아내의 병수발에 넋이 나간 뒤라 혈연 같은 것은 그리 중요하지 않았다. 어린 딸들이지만 미소와 초롱이는 나름 똘똘해서 잘 살 것이다. 어린 것들을 두고 가다니! 못난 애비야. 하지만 이제 나는 더 이상 이 세상에 미련이 없다.

생명의 빛은 강했다. 그때 이쪽으로 누가 오는 소리가 났다. 조금 전의 공포 때문에 눈을 떴다가 물체의 어른거림에 놀라서 얼른 눈을 감았다. 주위의 철길과 빈 공간에 아직 피지 않은 키 작은 망초무리들이 바람에 한들거리는 이미지가 그대로 남아서 흔들렸다. 구약성경에 등장하는 솔로몬은 외쳤다. 들에 핀 꽃을 보라. 누가 거두지 않아도 저 혼자 잘 살아가잖느냐? 오히려 사람에게 기쁨을 주지 않느냐? 그때 환상 하나가 찾아들었다. 하얀 망초 꽃무리들 속에서 환한 미소 하나가 스쳐갔다. 한 번도 본 적이 없는 얼굴이었다. 방금 전에 망초 꽃무리 속에 나타났던 환한 미소의 여자는 아내가 아니고 또 다른 여자였다. 나는 가정밖에 모르던 남자라 특별히 떡갈나무 숲속에 숨겨놓고 나만 먹는 샘물 같은 그런 여자는 없다. 기억에 남는 연애 한 번 못해 보고 죽는구나. 지겨운 이 세상, 그래도 좋다. 죽어가면서 누구나 후회한다는 바로 '뜨건 사랑 한번 못해 보고 죽는구나!' 바로 그 말이 내게도 찾아왔다. 나는 정신없이 돈 버는 데만 몰두했었다. 그래야 어머니를 배불리 먹게 할 수 있었다. 결혼해서도 워낙 바지런한 나는 일찌감치 아파트도 한 채 장만했고, 아내와 두 딸들이 행복하도록 제 몸이 부서질 만큼 착실히 일만 했다. 가족들이 편히 사는 모습을 바라보는 것으로 나는 만족했다.

아내가 죽을 때 마지막 눈물 한 방울을 도로로 흘렸다. 당신이 남겨놓은 고통의 유산도 지금 죽음의 자유를 생각하니 그마저 아름다운 추억이었소. 나 만나서 고생만 하고 병마에 시달리다 간 당신, 천국에서 만나자. 하지만 야, 네 병수발 하느라고 거지가 된 거야. 거지는 그래도 괜찮다. 마이너스 인생, 빚쟁이들 등살에 결국 내 목숨을 내손으로 끊어야 한다. 하지만 죽으려니 당신에게 잘해주지 못한 게 제일 미안하구나. 미래야, 초롱아 너희들에게도 정말 미안하다. 하지만 이 찌질하고 궁색한 것들과 이별하고 싶다. 이 모든 것에서 자유하고 싶다. 마지막으로 어머니, 이 불효자를 용서하세요. 안녕히 계세요. 마음으로 어머니를 향해서 절을 했다. 자신이 생각해도 나는 참 얼뜬 인간이었다. 어린 딸들이 커서 행복보다 절망과 먼저 손잡고 불행의 터널에서 헤매지 않을까? 싶다가도 삶은 각자 자기만의 몫인 데 뭐. 난 더 이상 버틸 여력이 없다. 이리 채이고 저리 채이고 길거리에서 차이는 돌멩이만도 못한 이런 인생은 더 이상 못 견디겠어.

나는 아이엠에프 보다 더 심한 아내의 병수발로 책방이 부도나는 바람에 동네에서 멀지 않은 기찻길에 갔다. 아내가 심장병으로 입원과 퇴원을 밥 먹듯 하는 바람에 아내의 심장병

치료비로 들어간 돈과 서점마저 늘 문 닫아놓고 병원에 매달려 있다 보니까 월세와 세금에 집안 살림에 그만 파산하고 말았다. 공황장애 때문일까? 내가 누운 철길은 이제 마지막 내 집이다 싶으니까 아늑하기까지 했다. 어찌된 일일까? 다 내려놓으니까 숨이 차지 않고 편안했다. 채권자들과의 채무 이행 약속을 여러 번 어기는 사이, 멱살을 잡히고 벽에 밀치고 삿대질을 하면서 나를 죽일 듯이 이를 가는 십자동에 사는 이성철, 박만구야, 이 짐승만도 못한 심한 대접 더는 못 참겠다. 이씨, 박씨, 노씨, 반씨 내가 이런 못된 선택을 한 것에 얼마나 실망할까요. 하지만 나는 너희를 생각하니 고소하기까지 하다, 하고 눈을 감았다. 저 멀리서 기적소리가 들렸다. 곧 기차가 도착할 것이다. 이제는 가만두지 않겠다. 죽이고 말겠다고 이를 가는 채권자들이 이제는 저승사자로 보일만큼 무섭다. 집은 은행으로 넘어가버리고 경매에 넘어간 집을 비우라는 명령이 떨어진 날, 이삿짐을 싸면서 죽은 아내의 패물 두 점, 가락지와 목걸이 한 개, 그것은 아내가 선물로 우리 가족에게 남긴 유산이었다. 그것을 빚쟁이들이 가져가면서 너희 아내의 심장이니 꼭 찾아가라, 했다. 아이들 것이니까 그것만은 돌려달라고 애원했지만 돌아오는 대답은 빚진 죄인이 무슨 할 말이 있느냐는 통에 입을 다물었다. 그들은 나를 조롱까지 했다.

"당신 아내의 심장이야. 알아? 찾아가려면 돈 가져 와!"

나는 몸을 떨면서 눈을 감았다.

강아지와 도란거리는 여성의 목소리가 나더니, 방울소리와 함께 다급한 사람의 발자국소리가 났다. 처음에는 너무 상심해서 사람이 다가오는 줄도 몰랐다. 그녀는 나를 발견하고는 몹시 놀랐고 급하게 흔들었다.

"칙칙폭폭 칙, 칙칙폭폭!"

내 죽음에 마지막 경고를 보내는 기차가 기적을 울렸다.

"아저씨, 기차 와요. 빨리 이 손 잡아요. 어서요."

"이 지긋지긋한 세상. 말리지 마시오! 어서 가시오."

"돈 때문이라면 나 돈 있으니 우선 나와요. 나오라니까요!"

꼼짝 않는 나를 보고 그녀는 노끈 밖으로 내 손을 빼내 통나무 잡아당기듯 했다. 나는 노끈에 걸린 어깻죽지가 아파서 아야, 아야 소리를 질렀다. 기차소리가 차차 가까워졌다. 그녀는 내 팔이 빠지도록 다급하게 굴었다.

"일단 일어나요. 돈이라면 나 돈 많아요! 어서요."

여자는 다시 채근했다.

"빨리 몸을 빼지 않으면 죽어요."

그녀가 소리치면서 다시 팔을 잡아끌었다.

"어서 나와요! 자식들이 있다면 이 고통을 그대로 물려주겠군요. 아빠가 자식들에게 가혹한 인생을 물려주는 군. 나쁜 아빠!"

그녀가 분노에 차서 소리쳤다.

"푸욱 칙칙 폭폭…"

나도 놀라서, 나일론 끈 사이를 기어 나와 몸을 피했다.

'가혹한 인생, 나쁜 아빠!' 그녀가 소리치면서 하던 말이 돌덩어리가 천정에서 쿵 떨어지듯, 내 머리를 쳤다.

"연어는 강에서 알을 낳고 바다에서 자라듯, 누가 알아요? 걔들이 커서 온 세계를 휘젓고 다니는 훌륭한 사람이 될지. 인생은 아무도 몰라요. 또 가볍게 생각하면 인생은 기차 같은 거예요. 그냥 달리는 거지 뭘 자살을 하고 그래요."

그녀가 나를 힐난했다.

"당신 누군데 남의 일에 끼어들고 이 난리요?"

"자살은 최악의 운명을 가진 자들의 선택이야요. 여태 성실하게 살았다면 다음은 신의 손에 맡겨야죠. 자살보다 더 나빠질까?"

죽으려다 살아난 내 눈으로 본 사물은 웬일로 저리 근사할까? 순간 살아난 것에 안도했다. 어이가 없었다.

"이리와 쎄라야. 우리 쎄라한테 고맙다고 하세요. 어쩐지 쎄라가 자꾸 밖에 나가자고 낑낑대더라니, 이 꼴 보려고 그랬구나. 명부에 없는데 어쩌려고, 아직 때가 안돼서 안 된다잖아요."

하얀 강아지 한 마리가 나를 보고 꼬리를 홰홰 쳤다. 화난 그녀는 내게 함부로 퍼붓던 조금 전과는 달리 친절하게도 나를 부추기는 바람에 무사히 그곳을 빠져나왔다. 그녀는 나를 일으켜 세운 후, 경찰서로 갔다. 내가 눈을 동그랗게 떴다.

"이거 왜 이려슈? 지금 당신, 누굴 바보로 아시오? 지금 뭐하는 거요? 돈 때문에 당신을 따라나선 것 아니오. 경찰서라니! 참 내 원."

"그래요. 돈이 아니라 아저씨 정신 상태와 무엇 때문에 죽으려고 했는지 자초지종을 알아야 할 게 아네요? 정, 돈 때문이라면 내 돈이 투자되는데 사기꾼인지 아닌지 알아야 하고, 나 혼자 하는 일이 아니라 정부와 합작으로 하는 일이라서 자초지종을 들어야 해요. 돈을 주고받고 하면서 일을 진행하려면 경찰서에 가야만 해요. 정부가 보증을 서는 거죠."

"이거 해도 너무 하잖소."

"그럼, 일단 식사나 할래요? 뭘 좀 먹어야지요."

"시원한 맥주나 한 잔…"

"그러죠."

나는 아직도 죽음이 아가리를 벌리고 내가 누워있던 철로를 봤다. 갑자기 온 몸에서 힘이 빠졌다.

"왜 나를 구했소? 당신이 아까 돈 때문이라면 걱정 말아요. 했잖소. 정말로 돈이 많소?"

"…나중에 얘기해요."

호프집에 닿는 순간, 그녀는 강아지를 안더니 털 속에 얼굴을 댔다. 긴장 때문인지 그녀가 울었다.

"…미안해요. 놀랐군요."

그때 종업원이 주문을 받으러 왔다. 소주와 맥주를 섞어서 주문을 하고, 낙지볶음 안주를 시켰다. 죽음을 넘나들었던 사내와 그런 사내를 설득하여 예까지 온 그녀가 극도로 긴장한 모양이었다.

"아가씨, 미안하게 됐소. 그러게 그냥 지나칠 일이지 남의 운명에 끼어 들어 좋을 게 뭐 있소. 자자, 우선 목이 타고 속이 타는데 한잔합시다. 어서 주욱 들이킵시다. 미안하게 됐소. 많이 놀랐나봐?"

"냉혹한 세상에 심장이 그리 작아서야 원, 아저씨가 딱해서 우는 거야요."

"미안해요. 감당 못할 일들이 한꺼번에 치고 들어오는 데 딱 죽고만 싶더라고요. 자고새면 죽는 생각밖에 없어요. 악마의 유혹이란 생각이 듭디다. 아가씨가 자살하는 사람 심정을 어찌 알겠소?"

"그럼 자살밖에 다른 방도가 없어요? 내가 자살자를 보고도 모른 척 지나쳤어야 옳아요?"

"너무 그러지 말아요. 아가씨가 그러면 나 다시 철길로 가요. 다 귀찮아요. 내게 뭘 따지겠다는 거요. 눈 감으면 그뿐인데 난 지금 우울증으로 죽을 지경이요."

"물론, 절박한 사람이라 목숨을 함부로 하겠지만 저마다 감당해야할 몫이 있잖아요? 아저씨만 괴로운 삶을 사는 게 아녜요."

"어찌 됐던 시원하게 한 잔 쭈욱!"

그녀는 강아지를 가슴에 안은 채 나를 살폈다.

"아저씨는 분명히 착한 사람이었을 거예요."

"아가씨가 실수한 겁니다."

"내가 방해자군요. 그런 의미에서 내가 술을 사죠."

"그렇잖아도 아마 주머니에 술값도 없을 거요."

그녀는 작은 체구, 하얀 얼굴, 긴 손가락을 가진 여자였다. 그녀의 손톱을 봤다. 유난히 긴 손톱에다 무지개 색 매니큐어로 멋을 냈다. 일 같은 건 한 적이 없어 보이는 손이었다. 김성민이라고 자신을 소개한 아가씨는 윤기가 적당히 흐르는 매끈한 손을 들어 낙지볶음을 집었다. 그녀는 술집 안을 둘러보았다. 마침 헨델의 '울게 하소서'가 실내를 적시는 중이었다.

"음악 좀 경음악으로 바꿔줘요."

여전히 넋 나간 나를 보면서 그녀가 물었다.

"결혼은 하셨나요?"

"…했지."

"아이엠에프 관리체제로 들어간 뒤부터 부부싸움이 잦던데 댁에서도?"

"맘대로 생각해요."

"애들은 있어요?"

"딸만 둘이요. 열두살, 열 살짜리."

그때 강아지가 내려가려고 낑낑댔기 때문에 그녀는 강아지의 엉덩이를 살살 긁었다. 아마 강아지와 그녀만의 약속인 듯했다.

"암튼 내가 실수를 했다 이거죠? 인생의 불가사의를 아저씨가 알아요? 다 살아보지도 않고 죽으려고 하다니! 하지만 내가 약속한 돈은 빌려주죠. 내 말에 대한 책임은 지죠. 대신 정부가 협조를…"

"자초지종을 들으면 댁이 골치가 아파져요."

"글쎄 걱정 마시고 어서 말해주세요. 혹 알아요?"

나는 다른 사람 같으면 더 이상 알면 부담스러워 질까봐서 이쪽에서 붙들고 말하려 해도 도망갈 텐데, 참 이상한 취미도 다 가졌네, 했다. 자기를 김성민이라고 소개한 그녀는 부드러운 눈빛으로 나를 빤히 봤다. 술집을 나오면서 나는 서점 얘기를 했고 부도 얘기를 했다. 장사가 안 되어 빚쟁이에게 시달리다 결국 자살을 결정했던 절박한 현실을 얘기했다. 죽은 아내의 목걸이와 반지가 내 심장이라며 나를 난도질한 빚쟁이도 있었다는 말에 그녀는 혀를 찼다.

"그러면 내가 억세게 운 좋은 남자네."

"제가 아저씨한테 투자할 테니 자살만은 말아주세요."

"투자라뇨?"

"빚 갚아야 하잖아요? 우선 죽어가는 사람 살려놓고 봐야죠."

"그렇다면 그곳이 죽음의 땅이 아니고 생명의 땅이었나? 우리 나갑시다. 그 땅이 보고 싶어집니다."

산으로 오르는 층계 아래에 잉크 빛 난초꽃이 무리지어 피어있었다. 비로소 메꽃, 나팔꽃이 피어 서로 어울리며 뻗어나가는 게 보였다. 야산으로 오르기 전에는 안 보이던 돌층계를 오르는 양쪽으로 떡갈나무와 '이끄시는 대로'가 꽃말인 해당화가 한창 피어 예뻤다. 죽음의 땅이 아니라 생명의 땅이 맞았다. 나는 정신이 번쩍 났다. 우리는 서로의 전화번호를 받아 적었다.

며칠 전에는 자살을, 오늘은 장미꽃을 사다니! 그녀 말대로 인생 불가사의했다. 아르바이트생에게 서점을 맡기고 그녀를 만났다. 우울해지면 전화하라는 그녀의 말에 오늘 전화를 했고, 우리는 만났다. 장미를 안은 그녀와 함께 가까운 커피숍으로 갔다. 아이엠에프 체제로 들어간 후, 지능적인 범죄가 판을 쳤다. 어제 대한 은행에서는 전직 직원의 소행으로 보이는 범죄 한 건이 있었다. 고객통장에는 입금액이, 은행 서류상에는 텅 빈 것이 무려 수십억이라는 1호 활자의 제목이 눈길을 끌었다. 그리고 주식폭락으로 자살한 증권사 지점장 등. 역시 경제와 얽힌 기사가 대부분이었다. 성민이가 책방 문을 열고 들어왔다.

"아이 더워!"

"덥지요?"

내가 신문을 옆에 내려놓으면서 결코 가볍지 않은 은행원의 파렴치한 행위에 대해서 말을 꺼냈다. 그렇게 뉴스 기사로 말을 이어가는데 이번에는 그녀가 말을 받았다. 자신은 부모로부터 유산을 받았고 아이가 없어서 스스로 이혼을 해 주고 지금은 혼자라 했다. 차를 마시고 밖으로 나와서 그녀의 차로 드라이브도 했다. 해안 도로를 따라 바다를 봤다. 그녀의 손을 가볍게 쥐었다. 내가 속삭였다.

"나의 천사!"

그녀가 다음날 책방에 나타난 건 빚쟁이들이 두셋 몰려와서 언성을 높이고 있을 때였다. 겉으로는 점잖아 보이는 사람도 빚만 독촉하려면 고함을 지르면서 상가를 발칵 뒤집어 놨다. 이번에는 상가 관리소에서 밀린 관리비를 이달 말까지 내지 않으면 문을 닫아야 한다고 고함을 쳤다. 이번에도 저쪽 소설 코너에서 책을 고르던 한 여자가 이쪽으로 걸어오더니 어제 있었던 내 자살 사건을 말했다.

"당신들, 받을 돈이 얼마나 되는지 모르겠지만 이 어려운 시대에 서로 도와가면서 조금씩 나눠받아야 하는 거 아녜요? 총체적으로 다가온 아이엠에프라는 듣도 보도 못한 국란으로 나라경제가 파탄 난 마당에 채무자만 몰아세운다고 돈이 나오나요? 이미 파탄이 나서 자살까지 하려는 사람에게 이래도 되나요? 이게 사람 사는 동넵니까? 같은 지역 내에 사는 이웃으로서 정말 보기 민망하군요. 이미 혼이 나간 사람인데 이런다고 해결될 일이 아니지 않아요? 오히려 이 사람을 당신들이 도와가면서 차차로 돈을 받아야 되는 거 아니냐고요? 세상이 온통 인정머리라곤 없는 사람들로 가득하니, 이분, 어제 자살하려고 기찻길에 누워있는 것을 내가 발견했다고요. 알아요? 머잖아 좋은 일이 있을 테니 조금만 참아요. 피 한 방울 나지 않을 인정머리 없는 사람들 같으니라고."

빚쟁이들이 그녀와 나를 보면서 미심쩍으나 나갈 수밖에 없다는 듯, 고개를 갸웃거렸다. 빚쟁이들끼리 눈짓을 주고받으면서 책방을 빠져나갔다.

"저 여자 잡아야지. 지가 뭔데 우리한테 큰소리만 치고 도망가는 거야. 으응?"

그들은 사라지는 내내 두런거리는 소리가 책방까지 들렸다.

"돈만 된다면 날 팔아서라도 돈을 챙길 위인들이요."

"저녁 살 테니 나가죠. 살아있으니 나와 마주 앉아서 이렇게 식사도 하잖아요?"

"고마워요. 아까, 그 빚쟁이들 보았죠? 난 그들이 호랑이로 보입니다."

책방 문을 닫고 나와 그녀는 번화가 쪽으로 걸었다.

"빚진 게 많아요?"

"이자까지 한 오륙천만 원 되죠."

드디어 보글거리는 갈비찌개가 그들 앞에 놓여졌고 그녀는 또 특별하게 이를 드러내면서 먹기를 권했다. 그녀의 미소는 사람의 마음을 편하게 했다. 그녀를 만난 것만으로 대화를 할 수 있어 힘이 솟았다. 생사의 갈림길에서 헤매는 마당에 죽은 아내가 보냈나? 아내가 심장병으로 세상을 뜨기까지 병원비가 보통 많이 든 게 아니었다. 아침부터 어떤 은총 같은 것이 정수리로부터 뻗어나서 나를 칭칭 감아올리는 느낌이었다. 그래서 음울한 표정으로 들어서면서 인상을 쓰거나 일부러 시키면 선글라스를 신경질적으로 확 벗어재끼는 빚쟁이에게도 전처럼 움츠리지 않았다. 그렇게 한 여자의 미소 하나가 나를 당당하게 했다.

'나의 천사, 김성민!'

채권자를 향해서 소리쳤다.

"내 아내의 심장을 가져오시오."

빚쟁이는 누구나 어려운 아이엠에프 관리 하에 네가 무슨 돈이 있다고? 하는 태도와 그녀에게 거는 기대로 서점에 들어서면서부터 '심장 가져왔는데.' 주춤거리며 악을 쓰던 전과는 달리 내 눈치를 살폈다.

"심장이 상한 곳은 없는지 일단 살펴봅시다."

빚쟁이는 이번에도 내 눈치를 본 다음, 가방에서 스카프에 싼 아내의 반지와 목걸이를 책상 위에 올려놓았다. 빚쟁이는 죽으라는 법은 없는 모양이라고 너스레를 떨었다. 그런 식으로 빚잔치를 끝내고, 나는 그녀를 위해 만찬자리를 마련했다. 정갈한 음식들. 그리고 세련된 종업원들의 매너. 탁한 내 생활에 그녀가 끼여 들어와서 맑게 만들었으니 내게 그녀는 '행복을 주는 천사'였다. 그녀는 말소리가 커서 탈이지 친절했다. 능동적인 여자였다.

그 후, 컴퓨터를 한 대 들여놓고 고객관리를 하기 시작했다. 인터넷에 서점홈페이지를 만들어서 인터넷 판매를 시작했다. 그녀가 오후면 책방에 나와 두 시간씩 있다갔다. 나는 그녀를 사랑했다. 사랑에 빠지니까 공황장애도 사라지고 우울증도 도망갔다. 얼굴빛도 살아났다. 사람들도 호기심에 찬 눈으로 내 주위에 모여들었다. 하지만 다 싫다. 내게는 그녀만 보였다. 사랑해! 성민. 마음은 늘 그녀에게로 향한데다가 아직은 초봄이라 냉기가 도는 책방이 싫었다. 그래서 밖에 나와 책방 근처를 어슬렁거리다가 통나무 하나를 주웠다. 그리고는 그녀의 얼굴을 그렸다. 동그스름한 얼굴형을 뜨고 작은 눈을 그렸다. 자애로운 미소를 그렸다. 그렇게 그녀에게 몰두하는 시간을 만들어갔다. 우선 예쁘고 자애로운 미소부터 진하게 선을 넣고는 끌로 팠다. 동그란 부분이 잘 안 되어서 몇 번씩 다시 파야 했다. 그렇게 작업을 하는 시간에는 그녀와 대화하는 시간이었다. 그날은 생각지도 않았던 그녀의 다리를 떠올리고 웃었다. 웃음이 나는 걸 보면 조금 여유가 생긴 모양이었다. 기차가 지나가면서 바람을 일으켰다. 치마가 뒤집혀도 한손에는 강아지를 묶은 끈, 또 한 손에는 꽉 쥔 나의 손 때문에 그냥 고스란히 아랫도리가 드러났던 그때는 꽤 추웠다. 그녀는 꽃잎 같은 팬티 한 장이 다였다.

"나는 무남독녀로 유산을 많이 받았죠. 아버지는 양조장을 하면서 땅도 많이 사두셨고요. 나를 늦게 낳는 바람에 부모님은 늦게까지 제 뒷바라지를 하셨는데, 딸이 크게 위로가 되지도 못하고 그만 두 분 다 세상을 뜨셨죠. 결혼 후, 아이도 없었지만 둘의 뜻이 맞지 않아서 이혼을 하게 됐으니까요. 이혼 역시 위자료를 많이 받았어요. 그런데 돈이 많으면 좋을 거 같죠. 그 뒤부터 내게 공허가 찾아왔어요. 이번에 아버지가 사시던 빈 집도 둘러보고 이곳의 아름다운 경치도 볼 겸 차를 몰아 이곳까지 왔죠. 고향집에는 아무도 안 살기에 이곳에서 하룻밤 자게 됐죠. 그날 밤 20대의 똑똑한 과학도가 벅찬 학업 때문에 자살하는 걸 보고 자살자들을 도와야겠다는 생각을 했죠. 그런 결심을 한 지 얼마 안 되었는데 쎄라가 나가자고 낑낑대서 밖에 나왔죠. 아저씨는 아직 갈 때가 안 된 모양이에요. 때마침 우리 쎄라가 나가자고 내 옷자락을 잡아 끈 걸 보면, 공허가 밀려들면 나도 자살의 유혹에 사로 잡혀요. 저 바다 건너에는 군인들이 주둔중인데 여기 오면 가끔 거기 가서 놀다오죠. 군인들이 자기들 걱정근심 잘 들어준다고 나더러 여신이래요. 봄이면 자살자가 어느 계절 보다 많다고 해

서 여기다 집을 살 생각이에요. 나는 이미 자살자들의 구원자
가 되기로 결심했어요."

　다음날, 그녀는 바다 건너 군 부대에 간다며 책방에 오지
않았다.

사랑한 후에

당신이 어떻게?
동고비 울더니, 새가 나를 대신해서 슬피 운 거였네.
웃음꽃 가득했던 옛날, 우리만의 저녁식탁이 그립다.
뭐 이런 일이 다 있어. 참 우리의 삼각관계가 난처하게 됐네!

사랑한 후에

1.

그는 한때 내게 축배 같은 존재였다. 그의 시선이 나를 향해 있기를 원하면서 돈을 벌어 그와 나눠 쓰는 일도 기쁨이었던 때를 떠올렸다. 우리 둘은 불륜사이가 아니다. 나는 처녀의 몸으로 딸 하나가 있는 홀아비와 결혼했다. 그 남편이 2년 전에 세상을 떴다. 성주는 그 남편의 딸이고 내게는 의붓딸이다.

성주가 그와 함께 있다. 연분홍 슈트로 멋을 낸 성주 옆에 훤칠한 중년의 그가 보디가드처럼 서 있다. 유난히 활짝 웃어 눈에 띄는 신부와 신부 친구들이 빙 둘러 서서 어린애들처럼 순수를 풀어 웃고 떠든다. 그 옆에서 그는 오른손을 주머니에 넣은 채, 오른쪽에 무게를 주고 비스듬히 서 있다. 그 모습이 바로 담과 담이 평행각을 이루는 구석의 구부러진 매화등걸을 닮았다. 그는 신부 친구들과는 친구가 될 수 없을 만큼 나이 들어 보인다. 지가 나한테 어떻게 저럴 수 있어! 나는 속으로 되뇌며 분노한다. 내 옆에 있는 친구집사가 내게 뭐라 했지만 대꾸하지 않는다. 내 정신은 온통 그들한테 가 있다. 인생의 최대 비극은 살인하는 것이 아니라 사랑을 잃거나, 사랑을 그만 두는 것이라고, 누군가의 말을 떠올린다. 나는 지금 마음의 평정을 잃어간다. 정신을 차리자. 스스로 중얼거린다. 예배실로 우르르 몰려가면서 그들이 까르르 웃자 동네 개들이 짖어댄다. 매화나무가 서 있는 곳부터 북쪽으로 평행을 이루는 벽 밑에는 나무 잎사귀가 햇빛에 반짝이고 아름다운 봄꽃들이 울긋불긋 피어 있는 교회안의 작은 정원이다. 직각을 이루는 서쪽 담 밑에는 차들이 주차되어 있다. 매화나무가 서 있는 담 밖의 집은 새 집이다. 그 집에서 넘어온 그늘이 주차장을 덮는다. 그가 타고 온 은색 프린스가 서 있다. 정문에서 들어오면 끝이고 피아노 건반으로 치면 도레미파 솔라 시쯤에 있다.

그도 아내가 없다. 2년 전에 이혼을 했다. 우리는 누가 볼세라 전전긍긍하며 비밀스런 밀회를 할 필요가 없다. 그러므로 나는 성경의 10계명 중 열 번째 계명을 어기지 않았다. 그는 마치 친구의 딸 결혼식에 온 것처럼 혹은 나의 의붓딸인 성주를 여기서 만난 것처럼 행동한다. 그래서 눈을 크게 뜨고 인사를 나누는 시늉을 한다. 우리는 저런 것을 가증스럽다고 하지. 그가 나를 슬쩍 훔쳐본다. 저 불온한 태도, 나는 그의 품에 안겨있던 때를 떠올린다. 그때 신부 친구들이 오늘 결혼식축하 송을 연습한다고 우르르 예배당 쪽으로 이동한다. 나는 성주의 앞날이 걱정이다. 그와 어울리다니! 나는 입술을 누른다. 자기 차에 기대 있는 혼자된 그의 옆에 가서 슬쩍 말을 건다.

"말도 없이 언제 왔어?"

나는 그의 위아래를 훑는다. 그가 입고 있는 회색 양복은 예전에 내가 그의 생일날 선물한 옷이다. 그도 아주 잘 어울린다고 좋아했다. 물론 그도 직업이 있다. 그는 주로 물푸레나무로 가구를 만드는 기술자이다. 나무를 물에 담갔다가 특수한 솥에 살짝 쪄서 말린 목재로 가구를 만든다. 그 일 역시 자기가 하고 싶을 때만 하고 하기 싫으면 하지 않는다. 둘이서 그의 자가용을 타고 오다가 어느 지점에서 성주만 내려서 각자 교회에 왔을 것이다. 그가 나를 본다. 나는 그때 교회 지붕에 내려앉는 동고비를 본다. 하늘을 나는 새가 되고 싶다는 생각을 하며 매화 잎을 따서 입에 문다. 푸른 물이 든 내 이를 드러내며 히히히 미친 듯, 웃고 싶다.

이곳은 내 고향이며 이 교회에서 재혼한 남편과 한때 직분을 맡기도 했다. 교회에 다니면서도 나는 자주 내 신앙을 의심했다. 아브라함이 가나안에 간 것은 믿음을 보여주기 위해서 간 것이 아니라 아버지의 유언을 성취하러 간 것이다. 하나님은 아브라함이 성취하려는 뜻을 아시고 미리 복을 주신다는 대목에서도 먼저 행할 것을 아시는 하나님인데, 왜 우리는 무얼 달라고 조르기만 하냐를 가지고 남편과 입씨름을 했다. 성주가 까르르 웃는다. 쟤가 오늘 따라 왜 저래? 너무 좋아하네.

칫, 내가 그녀 몰래 눈살을 찌푸린다. 그를 향해서는 혼자 중얼거렸다. 구슬이 바위에 떨어진들 그것을 꿴 끈이야 끊어질 리 있으랴? 사자성어 한 대목을 떠올리며 그와 이은 정만큼은 결코 변하지 않을 거라는 혼자만의 믿음을 가져본다.

하늘은 푸르다. 둘 다 내게 몰염치한 인물들일지라도 성주는 앞날이 창창한 나의 미래다. 나 모르는 사이 에 둘이서 눈이 맞았다. 성주는 하늘 아래 저와 나, 단 둘 뿐인데 어린 저걸 어쩌나. 내 애인을 뺏어간 내 딸애가 싫다. 아니, 그게 문제로다. 그가 내 딸 성주를 뺏어갔다. 성주와 그는 지난달에도 여행을 갔다 왔다. 갑자기 내 심장 뛰는 소리가 들린다. 주차장이 빙글빙글 돈다. 저 파렴치한 놈! 살기를 느낀다. 그가 이혼하고부터 인간성도 망가졌나 보다. 수치와 염치를 저당 잡힌 듯 몰염치하다. 성주한테도 내게 하듯이 파렴치한 짓을 할 것은 불 보듯 뻔하다. 성주가 움직인다. 자기 친구들 옆으로 다가가는 성주가 제 친구들과 웃자 그도 따라 웃는다. 곧 예식이 시작되는데 나는 가슴이 떨려서 서 있기 힘들다. 어서 빈 우물로 가자. 거기 대고 소리를 지르자.

교회 지붕 위, 하얀 십자가 위에 새 한 마리가 앉아있다. 청색 옷을 곱게 차려입은 동고비다.
"비비비."

"비비."

"비비비…."

동고비는 교회 청년들이 암 수 한 쌍을 키우는 중이다. 예배당이 있는 본당보다 조용한 부대 건물 창가에 새집을 매달아 키운다. 동고비는 교회 주위를 날아다니며 논다. 가끔은 깊은 숲속까지 갔다 오기도 한다. 한 달 전에는 동고비가 사는 새장 쪽에다 푸른 챙을 내달았다. 청색 옷은 더 짙게, 흰색으로 치장한 배 부분은 살짝 푸른빛이 도는 동고비, 새들도 오늘 결혼식을 축하하기 위해서 멀리 가지 않는 모양이다.

나는 지금 속으로 울고 있다. 우리 집 누렁이도 심상치 않은 주인의 기분을 알아차렸는지 들뜬 다른 개들과는 달리, 주둥이를 제 다리 사이에 박고 내 눈치만 살핀다.

나는 누렁이를 데리고 교회 정문을 나온다. 멀리 고속도로와 연결된 큰 도로가 보인다. 그 도로는 큰 도시와 연결되는 길이다. 먼발치로 보이는 그 도로에 방금 대형 트럭 두 대와 자가용이 지나간다. 목련꽃, 매화, 벚꽃들로 동네가 꽃밭이다. 나는 화창한 이 봄날이 싫다. 동네 끝 집에서 악취가 진동한다. 짜증이 난다. 박씨가 돼지 수십 마리를 키우는 바람에 악취 때문에 골이 아프다. 서쪽으로 난 길을 따라 농공단지가 들어왔다. 한 달 후에 본격적으로 가동한다는 그곳은 아직 문열지 않아 밤에는 오히려 무섭다. 이제 노동자들이 이곳에 오면 동네 농가에서 자취를 할 계획이다. 기술자들과 외국인 노동자 일부만 서쪽에 늘어선 숙소에서 살 계획이다. 사람들은 그곳이 아직 비어있는 줄 알면서도 지나가는 사람들 중 한 둘은 빈집 벽에다 귀를 대 본다.

마당 넓은 집에 식구도 없이 노인들만 남은 농촌, 좀 젊은 사람들이 사는 집에는 젖소며 양, 돼지를 길러서 잘 산다. 산 밑으로 우리 마을이 있고, 교회가 있다. 피로연 음식은 동네 교인들이 한 가지씩 마련한 음식이다. 그렇게 결속을 다지고 협동하여 교회 행사를 치러낸다. 다 키워놓은 의붓딸 성주가 걱정이다. 이미 그에게 빠져버렸으니 언제 제 정신이 드나. 내가 보기에는 성주가 더 열을 내고 있다. 아이 답답해! 이 노릇을 어쩌나?

나는 결혼 전에 내 이름으로 사놓은 빈집에 간다. 작은 문을 열고 집안으로 들어서면 물푸레나무 덮개를 해서 덮어놓은 우물이 있다. 그 우물이 내 답답한 마음을 해결해 준다. 지금처럼 살기를 느낄 만큼 화가 날 때면 우물 덮개를 열고 고래고래 소리를 지른다. 이제는 그도 장년 초입이다. 그러면 우물이 대답한다. 한때 근심 어리던 내 눈을 크게 뜨고 우물을 보면 우물 속의 내가 빙그레 웃고 있다. 나는 우물에 가기 전에는 근심걱정에 휩싸였다가 우물에 가서 소리를 지르고 나면 마음이 누그러지고 환해졌다. 오늘도 우물 뚜껑을 열고 우물 속을 본다. 우물 속에 하늘이 가득 차 있다. 하늘은 우리에게 햇빛을 주고, 비를 주어 오곡백화를 길러주신다. 하늘은 늘 무언가를 주는 곳이라 여기는 게 인간들이다. 하늘은 우리에게 모든 것을 다 주었다. 햇빛, 비, 구름, 바람, 별 달, 희망 하늘은 우리에게 다 주므로 어느 것 하나 부족할 것이 없는 게 사람이다. 그런데도 사람들은 하늘을 향하여 늘 무언가를 달라고 조른다. 나는 조르지 않고 근심걱정만 우물에 주고 간다.

아마도 사람은 제 안에 자기를 위로하는 우물 하나씩을 갖고 있는 모양이다.
우물아, 그 남자가 젊고 이쁜 성주를 꼬드겨 둘이 쏙닥, 히히거리니 이를 어쩌지.
— 너는 중앙선만 잘 지켜라. —

온난화 현상으로 사월 초인데 오월처럼 기온이 높다. 아침 일찍 예식에 온 사람들은 몸이 뒤틀리는 모양이다. 어떤 이는 훌라후프 하듯, 천천히 허리를 돌린다. 팔도 뻗어서 앞뒤로 흔들어 보고 고개도 왼쪽에서 오른쪽으로 돌려본다. 마당의 수도꼭지가 파란 칠이 벗겨져서 얼룩져 있다. 신부의 직장 친구로 보이는 아가씨 하나가 교회 정문 쪽으로 뛴다. 그녀의 어깨 위에서 긴 머리가 물결친다. 의자 높이만큼 담을 중심으로 수입 나무판자로 잇댄 긴 의자에 사람들이 빼꼭히 앉아 있다. 내가 고개를 빼야 성주들의 모습을 볼 수 있다. 성주는 그와 나란히 앉아서 간간히 도란거린다. 반면에 그는 내게 등을 돌리고 앉아 있다. 내가 앞을 보고 있으면 그의 차가 보인다. 그곳에서 이미터 쯤 떨어진 구석에서부터 화단이 시작된다.

일찍 온 하객들을 위해서 정오에 식사 한번하고, 예식이 끝나고는 두 번째 식사를 한다. 그러면 예식에 참석한 하객들 시중이 끝난다.

신랑 신부가 각자의 부모들과 따로 서서 하객을 맞이한다. 분홍 치마저고리가 잘 어울리는 신부엄마와 쥐색 양복을 입은 신부의 아버지가 하객을 맞는다. 일로 굳은 손이라던가 광대뼈가 발달한 천상 농군으로 보이는 신부아버지가 보인다. 김장로, 그는 이 교회 장로이다. 그는 한사코 믿음 좋은 신랑이라야 한다고 고집을 부렸다. 신랑 역시 자신의 부모님과 함께 하객을 맞는다.

나는 삼십여 년 다닌 잠사회사에 사표를 냈다. 직장 대신 남자의 사랑도 받고 안정된 생활도 보장되기에 딸 하나 있는 남자와 흔쾌히 결혼약속을 했다. 그때 성주는 애티가 가시지 않은 중 일학년이었다. 그때만 해도 그 애는 나와 눈이 마주치는 것을 두려워했다. 나는 그런 성주를 보면서 어린 저 가슴이 얼마나 눅눅할까 하고 그애에게 마음을 썼다.

결혼 후에 기대했던 여유는 오지 않고 농촌이라 늘 종종걸음을 쳐야했다. 회사에서는 다시 출근하라. 숙련공이 부족해서 격일제라도 좋으니 나와라 했지만 나가지 않았다.

결혼식 피로연석은 떠들썩하다. 시골인심은 아직 살아 있다. 너나없이 내일처럼 발 벗고 나서서 결혼하는 두 집일을 거든다. 음식도 푸짐하다. 무지개떡, 인절미, 흑임자떡, 송편, 나물류, 고기류, 약식, 송이 다식, 전골류, 잡채류 한쪽에서는 갈비도 굽는다. 불 온도가 맞지 않나? 갓 잡은 돼지고기 맛이 좋지 않다. 어쨌든 고기 굽는 냄새가 진동을 한다. 나는 두 번째 빈 접시를 들고 식당 안으로 간다. 그때 내가 기다리던 그가 내 가까이 온다.

"직장을 그만 두었다면서?"

"벌써 관뒀어."

나는 화난 얼굴로 그를 대한다.

"이따 나 좀 만나고 가."

성주의 눈빛이 형사의 눈빛처럼 집요하게 그를 따라 다닌다.

"할 말 있음 지금 하지 왜?"

내가 화가 나서 팽 소리 나게 돌아선다.

"알았어."

성주는 말이 없다. 심부름을 시켜도 가타부타 말이 없고, 돈이 떨어져도 돈 달란 소리를 하지 않는다. 제 생모라면 저럴까? 나도 그런 성주에게 화가 난다. 잘해주는데 뭐가 불만이야. 주려고 해도 받지 않는 관계란 참 쓸쓸한 사이다. 나는 너를 사랑한다. 하지만 도무지 알 수 없는 게 사람과의 관계며 사람의 마음이다. 딸과 나 사이의 벽이 너무 높다. 젊은 애들은 그들만의 문화가 있다는데 저만의 문화를 즐기라지. 누가 뭐라나. 나는 암담하다 싶으면 맥주를 한 캔 마신다. 젊음이란 한 캔의 맥주다. 잠깐 느끼는 특별한 그 맛 같은 것이다. 맥주 한 캔 들이키는 찰나의 시간이다. 인생은 찰나에 비유할 만큼 짧다. 젊음은 더 짧다. 하루하루를 포도 알 씹듯 꼭꼭 씹어 넘겨라. 자기 안의 트라우마에 묶여서 허송세월하지 말라. 어떤 해결책이라도 찾으려 노력하라. 나는 그런 그녀를 걱정한다. 그녀로 해서 애가 탄다.

성주는 꾹꾹 눌러 참는 버릇이 습관이 된 걸까. 마음을 열지 않는다. 주말에는 시간 내서 도시로 나가서 예쁜 옷을 사주고 맛있는 음식도 사서 나누며 적극적으로 대화를 유도해 볼 생각이다. 성주는 어느 누구한테도 마음을 열지 않고 제 안에만 있는 아이다. 그녀는 남편의 딸이지만 내 딸이기도 하다. 나는 다시 잠사회사에 나가야 되겠다. 그래야 성주 뒷바라지를 열심히 할 수 있다. 성주는 엄마를 병으로 잃고 아빠까지 사고사로 세상 뜬 뒤라서 마음의 상처가 크다. 전에는 그렇게까지 말이 없지는 않았다. 하지만 지금은 종일 같이 있어도 말 한마디 없다.

성주는 작년에 서울에 있는 전문대학에 입학했다. 우선 서울역 근처 후암동에 방을 얻고 영어가 많이 모자란다기에 성주를 영어학원에다 등록해줬다. 내 돈으로 딸 하나는 대학을 가르칠 수 있다. 그 뒤부터 성주가 제법 말을 했다. 내심 내 마음이 놓였다. 교회예식이 끝나고 나면 저녁에는 성주가 집에 오겠지. 셋, 아니면 딸과 나, 둘이서만 외식을 하고 그 애가 필요한 생활용품과 제 맘에 드는 옷을 사줄 것이다. 서울이라는 데가 사람을 변화시키는 묘한 곳이다. 그 애는 내 남자친구와 바람이 난 것이다. 내 애인을 뺏어간 것에는 분노가 치민다. 하지만 성주의 성격이 변한 것에는 박수를 보낸다. 서울로 떠난 성주는 봄이 다가도록 집에 오지 않았다. 대학을 졸업할 수나 있을런지 그것도 의문이다.

나는 4월 둘째 토요일, 성주네 집 주소를 들고 서울로 간다. 서울 역 후암동 용산고등학교 근처, 다가구가 늘어선 시멘트 골목을 더듬더듬 찾아간다. 성주는 사거리에서 서쪽 길의 첫 집 일층 구석에 세 들어 살고 있다. 집 주인은 계약서에 없는 인심을 썼다고 자화자찬이다. 아가씨를 위해서 부엌을 만들어 준 것은 자신이 태어나 처음 베풀어 본 자선이라나.

"요즘은 큰오빠가 와서 같이 있던데… 어머! 엄마가 너무 젊다."

여자는 단박에 의심의 눈초리를 보낸다.

"어쩐지 좀 이상했어."

나는 어이가 없어서 웃고 만다. 배 밑바닥에서 무엇이 불퉁거리더니 금세 창자가 꼬이는 느낌이 전해온다. 나는 그 자리에 더 이상 앉아 있을 수가 없다. 거기다가 부엌 빨랫줄에 걸린 남자 팬티를 보고 하마터면 소리를 지를 뻔하다 나는 딸이 사는 방을 그대로 나오고 만다.

"지금 우리 성주, 어디 갔나요?"

"아! 모르시나. 둘이서 아르바이트 갔어요. 어느 땐 툭탁거리고 싸우지만 또 열심히 살아요."

나는 무슨 아르바이트를 하는지 아느냐고 하려다 그만 둔다. 단번에 속이 메슥거린다. 허둥지둥 정신없이 큰길로 나온다. 대학 일년생이 내가 보낸 돈으로 중년사내와 동거 중이라니! 그 애가 그렇게 대담한데가 있었나? 나는 어이가 없어서 하늘을 본다. 헛웃음을 날린다. 헛 헛, 내 참, 말이 안 나오네. 나는 속도 모르고 그녀가 서울 가더니 성격이 밝아졌다고 좋아했다. '사람은 낳아서 서울로 보내라더니 그 말이 맞구면.' 미소 띤 밝은 성주를 보면서 '나도 열심히 돈 벌어서 딸내미 뒷바라지나 하자.' 생각했다. 나는 거리를 쏘다니다가 밤이 되어서야 딸네 집 문을 두드린다. 밤에 그는 오지 않았다.

나는 서울에서 내려온 뒤에 바로 다시 시작한 직장을 무단 결근하기 시작할까하다가 무슨 핑계를 대고 금방 시작한 직장을 또 그만 둔다고 하겠어? 온몸에 힘이 풀려서 아무것도 할 수가 없다.

"여보세요. R이오? 당신이 성주랑 동거까지 한다 이거지? 시방 어린것한테 무슨 짓을 하는 거지?"

"지금 뭐라 하는 거야? 내가 그 애에게 뭘 어찌 했다는 거요?"

"그걸 꼭 내 입으로 말해야겠어?"

그가 계속 거짓말을 한다. 이건 사람이 아니다 싶어서 전화를 끊어 버린다.

먼저 퇴직하면서 받은 퇴직금으로 밭도 사고 논도 사서 성주와 영원히 살 생각이다. 내게는 냥이와 누렁이가 있고 뒷바라지 해줘할 자식이 있다. 지금 사는 흙집을 처리해야 한다. 기둥만 남은 흙집은 워낙 낡아서 언제 와르르 무너질지 모른다. 전문인과의 의논이 필요한 집이다. 부동산전문가와 상의를 했더니 그 집은 뼈대만 남기고 다 털어내야 한단다. 내게 그런저런 일이 많은데도 서울까지 갔다가 성주를 보지 못하고 왔다. 그 애는 내가 집에 온지 한 달이 되어도 가타부타 말한 마디가 없다. 내가 오히려 속이 타서 여러 번 전화를 했지만 받지 않았다. 저희끼리 깨가 쏟아지는 모양이다.

집 둘레에는 밭과 대밭이 있다. 그 주위로 야산이 있어서 성주가 마음만 잡아주면 좋겠다. 딸 취향에 맞게 빈집을 고칠 것이다. 어서 성주가 서울에 실망하고 고향에 왔으면 좋겠다.

그가 집 짓는 곳에 왔다. 그는 제 자식들이 없다. 성주 아버지의 고향친구였다.

"그때 교회 결혼식 때에도 성주는 신부의 친구고, 나는 신부가 내 친구의 딸이라 갔을 뿐이야."

"그럼, 지난달에 서울 성주네 집에 갔을 때 부엌 빨랫줄에 널어놓은 남자의 팬티가 내 눈에 익었어. 그걸 내 눈으로 똑똑히 봤는데 잡아뗀다?"

"나는 모르는 일이야."

"사람이 신뢰가 가야 대화를 하고, 인간관계가 성립되지. 다 그만 두자."

삼자대면을 해야 할 텐데 그런 일을 할 경우 딸을 잃고 만다. 지혜를 모아야 한다. 우물과 의논할 일이다.

2.

나는 성주에게 다가가서 다정히 어깨를 감싼다.

"반갑다. 내가 너를 얼마나 기다리는지 너 알지? 이제 집에 가자."

"알았어요. 신부가 신혼여행 떠나는 것 보고 갈게요."

"나 여기서 기다리마."

"알았어요."

성주는 짧고 간결하게 대답한다. 그 애의 목소리에는 마른 지푸라기 냄새가 난다. 단 한 번 뒤돌아보면서 내게 짧게 손을 흔든다. 암튼 성주가 내게 마음을 열다니! 기쁘다. 나는 오랜만에 교회에서 끓여 나온 헤이즐넛 커피를 마신다. 성주를 찾았다.

"집에 가자."

딸이 입을 빼면서 무언가 할 말을 참는 눈치이다. 성주는 어깨에서 나풀거리던 긴 머리를 단벌머리로 잘라버렸다. 마음의 변화를 나타낸다는 머리 길이, 여태까지 내가 살아오면서 터득한 특유의 직관으로 끊긴 말을 잇기 위해 나는 성주를 교묘하게 유도한다. 네가 좋아할 집을 짓고 있어. 네 방을 어디에 만들어야 하는지 둘이 같이 가보자. 그 애는 침묵으로 버티면서 꽁무니를 뺀다. 우리는 보이지 않게 피 터진다. 그 애의 내려 깐 눈에서 잠깐씩 날카로운 독기가 새어나온다.

"아무튼 우리는 모녀 사이고, 이 세상에 너와 나, 단 둘 뿐이다."

성주는 엄마라거나 실은 그게 말이에요. 하면서 살갑게 나를 대하지 않는다. 그냥 아는 여자 정도로 어서 이 자리를 벗어나고 싶은 눈치다. 나는 그런 그 애가 못 마땅하다. 속에서 울화가 치민다. 딸은 딸대로 제 자리로 돌려놓고 싶고, 그는 그대로 먼저처럼 그 자리로 돌려놓고 싶다.

"안녕하세요?"

그때 누군가 호들갑스럽게 아는 체했다. 봉구였다. 그는 지방대학에 다녔으나 취직은 서울에 가서 했다. 한때 그는 성주를 보는 눈이 예사롭지 않더니 지금은 그녀를 포기한 눈치다. 그는 말이 많아서 그렇지 성격은 좋은 편이다. 그는 볏짚 몇 단에 신경을 쓰는 게 아니라 동네 전체에 대한 볏짚을 따질 만큼 작은 것보다 큰 것에 관심 많은 청년이다. 나는 성주를 외모 번듯하고 부모형제 다 있는 봉구와 결혼시키고 싶다. 나는 다니기 싫은 직장을 다니면서 제 뒷바라지를 했는데도 성주는 나를 외면한다.

"아니 집을 짓고 있다는 소식이 있던데 무슨 집을 짓고 계십니까?"

"아아, 어떻게 알았어?"

"이 좁은 시골 동네에서 뭐 그 정도야. 헤헤."

"그래, 오랜만인데… 부모님은 다 안녕하시고."

"그럼요."

그는 아직 성주의 비행을 모르고 있다. 우리가 들어갈 집은 방 세 칸에 마루 하나가 완성된 상태다. 화장실은 마루 끝에 붙어있다. 밭과 논은 이웃에 사는 김씨한테 나눠먹기를 주기로 했다. 나는 지금 산을 손질하는 심정이다. 들풀이 내 키를 넘고 소나무와 잡목이 우거진 숲 속에다 집을 짓는 심정이다. 저승에 간 남편이 오려면 낭떠러지 땜에 힘들 것 같다는 생각을 하면서 혼자 웃는다. 그 다음에는 집에서 산으로 가는 곳에다 계단을 만들고 난간을 만들 예산을 세운다. 성주는 고향 친구 집에 갔다가 밤에 집에 오겠다고 한다.

심란한 마음으로 교회에서 집에 혼자 온 나는 우선 루치아노 파바로티의 CD를 오디오에 건다. '사랑의 묘약' 중 '남몰래 흐르는 눈물'이 흐른다. 눈물이 핑 돌더니 내 눈에서 눈물 한 방울이 툭 떨어진다. 파바로티의 화려한 음성이 팽팽하게 퍼져 나간다. 이번에는 음악소리가 뒤뜰까지 들리는 대나무 숲으로 간다. 나는 들고 나온 포트에 든 용정차를 머그잔에 따라 마시며 여전히 음악 감상에 빠져든다. 그 순간에는 노래만 있고 세상은 정지된 느낌이다. 차와 음악이 나를 위로한 뒤라 돌아서서 집으로 향한다. 바람이 분다. 내 마음에는 아까 본 성주와 그의 잔상이 남아서 괴롭다. 그들이 그리워서 왈칵 눈물이 쏟아진다.

나는 이제 휴식을 가졌으니 장화를 신고 일하러 가리라. 그리움은 그리움대로 가슴에 담고 현실의 노동은 손에 물집이 생기도록 하자. 팔이 떨어져 나가더라도 내 가족인 두 식구를 위해서 억척스레 일하자. 그쪽에서 손 내밀면 전처럼 다시 사랑할 수 있을까. 반문해 본다. 여전히 파바로티의 노래가 흐른다. 그도 파바로티의 노래를 좋아한다. 멀리서 그가 숨차게 달려오면서 나를 부르는 착각에 빠진다. 적막을 방에 가두고 콩 버들에 할퀴고 꽃 버들 길을 걸어서 텃밭에 간다.

"이 애가 바로 네 딸이다. 이승에서 맺은 마지막 인연이다. 그리 알고 잘 키우거라."

나는 팔십이 넘은 친정어머니한테 가면서 중학교 2학년인 성주를 데리고 갔다. 결혼만 했지, 전실 자식입네 해서 나 혼자 친정에 드나들었을 뿐이다. 연세 많아서 언제 돌아가실지 모르는 마당에, 어머니께 인사나 시키자고 성주를 데리고 갔다. 그 애는 녹슨 대문 앞에 와서야 '여기가 어디에요?' 한 마디 한다. 내 마음이 잠시 쓸쓸하다. 친정집에 들어서자 늙은 어머니는 손녀딸이 왔다고 반겼으며 뒤뜰에 열린 홍시를 따야 한다고 비척비척 뜰로 내려서신다.

어머니를 만나고 온 뒤부터 이상하게 딸에게 애착이 간다. 성주의 무엇이 내 몸속 깊숙이 박혀서 나를 조종하는 느낌이 든다. 아니, 복잡한 생각은 물러가라. 너무 피곤하다. 헌데 이상한 일이 벌어진다. 신호등 밑에서 그에게 스마트폰을 한다. 전화벨이 간다. 과연 그가 나오면 뭐라 할까. 내 휴대폰 주소란에 그의 폰 번호가 적혀있다. 왜 욕을 하면서도 그의 전화번호를 지우지 못할까. 전화로 연결된 것만으로도 내가 그의 아내이며, 연인이라고 스스로 단정 짓고 싶은 것이다.

저만치서 봄 일을 나가는 사내가 이쪽으로 건너오기 위해서 두리번거린다. 내 눈도 같이 차의 속도와 그의 위험 속도를 재본다. 나는 교회에 가려다가 포기한다. 다시 통나무 길로 가려고 돌아선다. '그를 어떻게 대해야 하며, 또 성주를 어떻게 설득시키지?'

"성주야, 나는 널 사랑한다. 너를 위해서 통나무 길을 만들고 새로 집을 짓기로 했다."

"엄마나 편히 사세요. 전 필요 없어요."

"지금은 젊으니까 필요 없겠지. 허나 사람은 저마다 기댈 언덕이 필요하단다. 나도 이제야 니가 내 언덕인 줄 알게 됐다. 오늘은 우리 집에 가서 나랑 함께 자자."

"거기까지 갈 시간이 없어요."

"약속이 있니? 집에 들릴 수도 없단 말이니?"

"네. 친구들과 약속이 있어요."

성주는 이미 나와의 인연은 그것으로 끝낸 모양이다.

지난 봄날 일만 하던 나를 추슬러서 목욕을 하고 머리를 하고 새 옷도 한 벌 맞춰 입었다. 그를 만나기 위해서 서울에 간다. 이미 그의 마음이 떠났다는 것을 안다. 전에는 내가 갈 때마다 그의 집으로 나를 안내했다. 이번에는 내 쪽에서 먼저 집에 가서 살림도 챙겨보고 반찬도 마련하재도 그런 건 걱정 말라 한다. 자기가 다 알아서 할 테니 신경 쓰지 말라 한다. 그의 얼굴은 지난해보다 투명해 보이고 생가지에 물오르듯 싱싱한 기운이 되살아나고 있다. 그에 반해서 나는 손의 마디가 굵어지고 검은 얼굴에 주근깨와 점이 얼굴을 덮고 있다. 지금도 나는 성주와 그를 생각하면서 우물 속을 물끄러미 내려다보고 있다.

〈중편소설〉

어둠 속 살쾡이

묵묵히 흔들림 없이 살아갈 거라고 다짐했다.
어려서 아버지 손을 잡고 만주에서 찾아들었던 해방구,
남산 장충단공원.

어둠 속 살쾡이

1. 차명희

녹음 짙은 여름의 남산은 푸른 갑옷을 입은 장수 같다. 서울 남산타워는 서울의 상징적인 랜드 마크로써 수도 서울의 가깝고 먼 곳까지 볼 수 있는 최첨단 전망대이다. 나는 장충단공원과 남산이 바로 코앞인 하얏트호텔 오층에 짐을 풀었다. 마치 외국에 온 거 아닌가? 싶을 만큼 호사스런 이곳, 내 돈 내고 하는 호사는 태어나서 처음이다. 이런 쾌적한 환경에서 나는 일주일의 여름휴가를 보낼 예정이다. 호텔 방에 들어와서 맨 먼저 남산을 바라보고 창문 아래를 봤다. 바람이 분다. 나뭇잎이 흔들린다. 창문 바로 밑에는 풀장이다. 간격 맞춰 놓은 베드 마다 아이들과 부모들이 뒤엉켜 있다. 호텔용 수건을 들고 뛰는 아이, 물속으로 풍덩 몸을 던지는 젊은 남자들, 낄낄거리며 저희끼리 튜브를 들고 술래잡기를 하는 애들로 활기차다.

여태 가족 사랑이 무엇인지 모르고 재산 굴리는 데만 마음을 다한 나였다. 사랑하는 사람과 자식 낳고 오순도순 모양

좋게 살아보지 못한 게 내 생에 가장 큰 실수였다. 무엇이 먼저고 중요한지 나이 들어서야 깨달았다. 이제 내 몸이 텅비어버린 듯이 늘 공허가 나를 안고 돈다. 큰 나무가 통째로 뽑혀나간 자리처럼 푹 팬 내 마음의 빈자리가 아버지의 제삿날에는 더욱더 커 보였다. 음력 유월 초엿새 날 제상 위에 나물 세 가지, 육포, 과일 몇 가지를 올리고, 정종 한잔을 올린 다음에 그 앞에 나 혼자 엎드리니 눈물이 났다. 나이 들수록 온몸에서 힘은 빠지고 주위에는 나를 챙기는 사람 하나 없다. 그동안 여자를 만나지 않은 것은 아니었다. 하지만 하나 같이 아기를 못 낳는 여자들이었다.

몇 달 만에 낮술을 했다. 나는 호텔 룸에 도착하자 바로 냉장고 문을 열었다. 얼마 전까지만 해도 집에서는 주로 막걸리나 소주를 마셨다. 하지만 요즘은 술도 바꿨다. 냉장고 안에는 슈바츠 비어, 헬, 라거 등이 보였다. 슈바츠, 괴테가 좋아했다는 블랙라거로서 향과 맛이 다른 맥주와는 달랐다. 이 술은 마트마다 있는 게 아니었다. 근래 들어서 중국 블랙 캔 맥주가 수입되는데 그마저 만나기가 쉽지 않다. 근데 여기서 슈바츠 맥주를 만나다니! 나는 얼른 슈바츠를 꺼내 캔을 땄다.
휴대폰 벨이 울렸다.
"여보세요?"
"어라? 명희야? 나, 노세혁이야. 그럼 명희가 서울에 있으면서 내게 전화 한 통 안 한 거야? 와! 이거 섭섭한데."

우리가 눈물 같은 세월을 견뎌온 것을 지 알고 내 아는 것을, 하고 나는 잠시 중얼거렸다. 하지만 서운함보다 반가움이 더 컸음은 부인할 수 없다.

"세혁 오빠아~"

그녀도 나만큼이나 반가운지 뒷말을 잇지 못했다.

우리는 둘 다 유년기에 해방을 맞았다. 나는 여덟 살 늦은 가을에 아버지의 손을 잡고 만주에서 서울로 왔다. 장충단공원의 전재민 시절에 어린 그녀도 거기 있었다. 미군이 생필품을 제공하는 그곳에서 명희와 나는 소꿉장난도 하고 남산을 놀이터 삼아 뛰어다니며 자랐다. 그녀의 푸근한 목소리는 어머니를 연상시켰다. 우리는 손오누님 댁에서 만나기로 하고 전화를 끊었다.

명희는 그녀 아버지의 뒷바라지로 대학을 졸업하고 종합상사에 취직했다. 직장에서는 사장 비서였다. 하지만 직원 열 명도 안 되는 작은 종합상사라 명희는 사장실 일보랴 행정 일보랴 그 회사 직원들 중 가장 바빴다.

오늘은 명희와 김 상무와 한조가 되어서 미국상사와 거래를 성사시켜야 했다. 그녀는 특별히 장만한 미색여자 슈트를 입고 화장도 화사하게 한 후에 출근했다. 나라의 경제사정에 따라 여성들의 옷차림이 달라진다더니, 그래 그런지 여자들의 입술은 날로 붉어지고 옷차림은 타이트해졌다. 여자들은 되도록 허리선을 강조하기 위해서 몸매를 예쁘게 해주는 튜브형 보정 속옷을 입고 하이힐을 신었다. 그녀들의 S 라인은 정말 섹시해 보였다. 하지만 여자들은 억압적인 옷 때문에 몹시 불편했다. 상의에는 다섯 개 쯤 단추를 내리 달고 하의는 걸을 때마다 힙이 강조될 정도로 타이트했다. 에로티시즘을 한껏 표방한 마돈나가 나와서 흑백 혹은 총천연색 티브이를 누볐다.

명희는 외국손님과 미팅이 있어서 상사와 같이 차에 올랐다. 큰길로 나서니 테헤란로는 이미 주차장으로 변한 뒤였다.

"미스 차가 먼저 가서 캐빈을 상대하고 있어요."

"영어가 짧아서 야단났네요."

"짧은 영어 구사는 되잖아."

"알겠습니다. 너무 걱정마세요."

그녀는 차에서 내렸다.

운전대를 잡은 상사를 길에 두고 명희는 이미 하이힐을 벗어 가방에 넣고 단화로 바꿔 신은 뒤에 뛰듯이 걷기 시작했다. 그녀는 한두 정거장을 다급한 모습으로 걷다 뛰다 해서 캐빈과의 약속 장소인 S호텔 커피숍에 도착했다. 그녀는 먼저 화장실에 들어가서 얼굴에 송골송골 밴 땀을 닦았다. 단화를 벗어서 가방에 넣고 하이힐로 바꿔 신은 다음 분첩으로 얼굴을 가볍게 매만졌다. 커피숍에는 이미 도착한 캐빈의 모습이 보였다.

"안녕하세요? 캐빈!"

"하이, 명희씨!"

명희는 서류가 든 백을 자기 무릎에 내려놓으면서 캐빈과 마주앉았다.

"출근시간이라 차가 밀려요. 차가 막혀서 부장님이 좀 늦어요. 부장님과 같이 오다가 저만 먼저 차에서 내려서 뛰어왔어요."

"출근시간이라 그런가요?"

"네."

"뉴욕도 근래 들어서 도로가 종일 막히죠."

나는 가방에서 새로 나온 우리 회사 카탈로그를 캐빈 앞에 놓았다. 그도 자기 상사 카탈로그를 내 앞에 놓았다. 우리 것은 안 표지에 청년이 하늘로 날아오르는 사진이 광고로 실렸고, 캐빈의 것은 안으로 갈수록 기계와 컴퓨터 광고가 대부분이었다. 그때 김 전무가 커피숍 문을 열고 들어왔다.

나는 토요일 오후나 일요일 오후면 명희에게 한 두 시간씩 영어를 가르쳤다. 물론 그녀도 영문과를 나왔으나 전쟁직후라 대학교육이 철저하지 못해서 실무영어를 하기에는 실력이 많이 모자랐다.

"너도 영문과 나왔잖아. 거기다가 자기 일에 철저한 명희 아니니. 그래서 영어는 준비가 된 걸로 아는데, 혹시 나를 좋아해서 기회를 만들려고 그러는 거 아냐? 핫하."

"왜? 내가 그렇게 보여?"

"아니, 네가 무서워서 그래."

그녀가 주먹을 쥐고 나를 쥐어박는 시늉을 했다.

"하하, 오빠는 무서워하는 사람이 없잖아. 헌데 오빠는 맵고 당차잖아. 아마도 오빠가 가르치는 영어라면 나도 잘 할 거 같아서 그래."

"그래? 나를 그렇게나 과대평가한단 말이지. 나를 믿는다는데 영어 과외를 안 해 줄 수도 없고, 하여튼 말이 난 김에 시작해 보자. 그 대신 내게 딴 맘먹지 마!"

"시방, 이 오빠가… 우리는 남남이 아니라 오누이야. 어릴 때 남산에서 내가 똥 싸고 나면 오빠가 나뭇잎으로 어린 내 뒤처리도 해줬잖아."

"너는 별 걸 다 기억한다."

"그게 큰일이지. 별일 아닌 것은 아니잖아."

"어린 네가 그것도 다 기억한다 이거지."

"내 말은 그 정도면 오누이지 이성 사이가 아니란 얘기야."

"너도 알다시피 전쟁이 끝나자 기다렸다는 듯이 집집마다 아이들을 육칠 명씩 낳았어."

내가 살던 집 골목에는 가수가 되겠다는 성문이가 살았다. 눈 뜨면 녀석은 나를 불렀다.

"노세혁! 세혁아."

"시끄럽게 하지 말고 심부름 빨랑 갔다 와라."

창문 여는 소리가 나더니 또래 하나가 말했다.

"성문아, 학교 끝나고 공 차자."

"성문아, 오늘 학교 끝나고 노래연습하기로 했잖아."

"성문아, 오늘 학교 끝나면 바로 집에 와라. 니 동생은 누가 보냐?"

이런 식이었다.

성문이는 그 사이에 월남에서 돌아온 돌아온 김상사, 하고 노래를 부르면서 하루를 시작했다. 그런가하면 낮 시간에는 강촌에 살고 싶네 등의 느린 곡을 노래했다. 그렇다고 성문이의 노래실력이 나아지는 것 같지는 않았다. 아무튼 성문이가 그 골목에 사는 한 조용할 날이 없었다. 그렇다고 그가 싸우거나 소리를 지르는 것은 아니었다. 하늘이 맑고 바람이 서늘하면 성문이의 노래 소리는 아주 잘 들렸다. 오후에는 아이들이 몰려다니면서 놀았다. 서울초등학교 운동장에서 축구라도 하는 날에는 서로 우김질이 나서 시끌벅적했다. 하늘은 푸르고 바람은 서늘해졌는데도 아이들의 이마에는 땀이 나서 언제나 번질댔다. 해방 후에 갑자기 불어난 출산율이 더더욱 박차를 가하는 듯 했다. 그에 따라 큰집이 필요했고 더 넓은 교실이 필요했다. 그보다 더 시간이 흐르자 사회질서가 잡혀갔다. 하지만 아이들은 더욱 많아졌다. 교실이 부족하여 학교마다 오전반 오후반으로 나뉘어 공부를 했다. 애들은 서로 바람이 되어주었다. 아이들은 서로 잡아당기고 밀치면서 튼튼하게 잘도 자랐다. 아이들은 자기 키에 시간을 올렸다.

"우리가 사는 세상은 달라야 해. 꿈이 있는 세상으로 바뀌어야 해. 이제야 산아제한 캠페인이 벌어지지만 그게 쉽게 먹히겠어? 우리도 불타는 청춘인데 아들 딸 둘만 낳아 잘 키우자는 캠페인에 동참할 수 있을까? 그거 장담할 수 있겠냐고."

"이 오빠, 왜 이래. 시방 내가 오빠 좋아할까봐서 걱정? 오빠 목에 방울 달지 말자? 이거지. 해볼만한 게임이네. 난 오빠가 내게 결혼하자고 하면 어쩌나? 고민했어. 잘 됐네. 절대 오빠를 가둘 마음 없으니 염려 마셔. 그런 일이라면 걱정할 거 없어."

"요즘 자본주의가 확대되면서 섹슈얼리티도 덩달아 확대되잖아. 아니, 자본과 성은 뗄 수 없는 관계지. 이제 우리도 생활수준이 높아지면서 성 문제가 티브이 토론의 주제가 되고는 하잖아. 서양 사람들은 여자를 존중해주거든. 나는 서양남자랑 결혼할 거니까 오빠 걱정 마."

우리는 서로 어린 시절 그대로 토닥거렸다. 어디선가 피리소리가 들렸다. 아마도 각자의 상념 따라서 피리소리를 들을 것이다.

"우리가 성으로 엮일 일 없는 이유가 분명해졌네. 한국 남자들은 가부장적이어서 나는 한국 남자들과 결혼할 생각이 없어요."

"명희님, 미안합니다."

"객관적으로 사람들은 나와 결혼하면 오빠가 횡재한다고 할 거야."

"사실 맞는 얘기지. 그 보다도 나는 앞으로 할 일이 많아요. 장가가서 처자식 먹여 살리느라 사나이가 기 한번 못 펴고 이 땅에서 사라진다면 나 죽어서 우리 조상들 볼 면목이 없잖아."

"염려 붙들어 매시라니깐 그러네."

나는 토요일이면 그녀가 퇴근하는 대로 영어를 가르쳤다.

외화도 취급하나요?

두유 어 셉트 포린 큐렌시?

한국인은 주로 밥을 먹어요.

라이스이즈 더 스테이플 인 코리아

신용장 가져오셨죠?

디드 유 브링 요어 L/C 엘 시?

"오빠, 오늘은 첫날이니까 간단히 합시다. 근데 오빠 영어 발음이 너무 한국적이잖아?"

"그럴지도 모르지. 중학교 때부터 나는 출세하겠다는 일념 으로 장충단공원에서 미군을 만나면 붙들고 영어발음을 배웠 지. 그거 갖구 되냐. 대학에서 영어 열심히 했지. 그렇게 하지 않으면 학점이 안 나오니까."

"오빠는 어려서부터 출세에 대한 열망이 대단했구나."

"전재민 시절만 생각하면 재미도 있었지만 힘든 겨울에 천 막 속에서 추위에 얼마나 떨었니. 그 생각하면 왜 성공하고 싶지 않겠니."

"근데 사범대학을 지망했어? 정치학이나 경제학을 하지."

"그때에는 우선 안정이 최고였잖아. 교편 잡아서 호구문제를 먼저 해결해얄 것 같아서 그랬지."

"교육학자가 되는 것도 괜찮지."

우리는 애정보다 서로 불타는 청춘의 열정에 녹아버릴 것 같았다. 그런데 티격태격하는 바람에 그만 정신이 맑아졌다.

그녀가 나를 데리고 마악 지역마다 한둘 생기는 티본스테이크 집으로 갔다.

"오빠, 고기 좋아하잖아."

"좋아하지. 일단 가보자. "

"명동에 꽤 큰 티본스테이크 집이 생겼다는데 그 집 고기가 맛있대. 거기 가 보자고."

"오빠도 돈 많이 벌었지?"

"내가 뭘로 돈을 버냐?"

"어려서부터 닥치는 대로 돈 번 걸로 아는데."

"어린 것이 돈을 벌면 얼마나 벌겠어. 겨우 학비나 내고 내일 할 정도지."

"꼭 그런 것 같지는 않던데."

홀 서비스 맨이 다가와 주문을 받았다.

"티본스테이크 둘 하고요, 불란서 산 와인 한 병 주세요. 재떨이도 부탁해요."

음식이 나오고 재떨이가 나왔다. 와인도 나오고 음악도 바뀌었다.

"이 곡 이름이 뭐더라?"

"조지 베이커 셀렉션의 '아이브 빈 어웨이 투 롱'이지. 이 사람은 유럽 사람이지만 미국에서 인기가 많았지."

"원래는 네덜란드 사람이잖아. 한때에는 싱글차드를 휩쓸었어. 특히 눈이 오거나 비가 오는 날이면 팝송을 많이 듣지."

"그렇고말고, 전쟁으로 피폐해진 우리는 일구 칠십년 대 중반쯤 되어서야 데모하던 학생들이 경찰서에 끌려가서 매 맞고 오는 것에 저항했어."

"민주화 운동하다가 죽기도 많이 죽었어."

명희는 그날따라 많이 들뜬 듯 보였다. 그러면서 아까 나와 나눈 대화가 목에 걸린 가시처럼 괴롭히는지 나를 향해 가끔 눈을 흘겼다.

"명희야, 나 좀 봐 주라. 하도 고생을 하고 사는데 급급하다 보니까 세련되고 활달하질 못해서 그렇다. 너도 알다시피 본심은 안 그렇잖아."

"알지. 오빠는 내가 잘 알지. 서양 사람들은 민주주의와 자유주의를 표방한 그들답게 어딘가에 얽매이지 않고 사고방식이 비교적 자유로워. 땅이 넓고 일찍 문화가 발달한 환경 속에서 자란 탓인지 우리보다 순수하며 인간존중 사회라는 느낌이 들었어."

"너, 내게 좋은 소리는 안 하고 두고 보자. 하하, 이해해라. 사실 이런 말도 하면 안 되지. 너랑 허물없어서 그렇다."

그렇게 다투면서 그녀와 나는 청춘의 한 시절을 보냈다. 그 뒤에 그녀는 학문에 대한 갈증을 풀기 위해서 미국 유학을 떠났다.

오후가 되자 호텔 풀장은 반라 상태였다. 레깅스 차림으로 남자와 여자가 어깨동무를 한 채, 노래를 흥얼거리며 돌아다녔다. 실내에서나 입던 레깅스 차림이 이제는 소수 직장여성들의 출근복과 외출복이 되었다. 레깅스는 사람에 따라서 편해서, 자유로워서라고 한다. 한참 젊은 그녀들이 그것을 좋지 않은 시선으로 바라보는 시선과의 결투처럼 느껴졌다. 그것은 그 어느 것보다 달콤하고 재미있다. 레깅스 문제는 젊은 그들끼리도 논란이 많다. 남의 시선보다는 개인의 옷차림이 존중되는 사회를 표방하지만 실은 하체의 윤곽이 그대로 드러나는 것에 보는 이들이 오히려 민망하다. 레깅스는 운동복이다. 나는 강의 듣는 학생이 캠퍼스 안에서 레깅스를 입는 것은 교수에 대한 예의가 아니다, 라고 하는 젊은이에게 한 표를 던지겠다. 사람은 옷차림에 따라서 마음과 행동이 달라지기 때문이다. 옷이란 몸에 입는 것으로 복장, 의복이라고도 한다. 의복이란 시대적 변천 따라 변한다. 그래도 문명이 발달하면 할수록 복장으로 상대를 배려한 예를 갖출 일는 갈수록 많아진다. 외출복에 한국에서 레깅스가 옷에 속할까? 얼마 전까지만 해도 레깅스는 속옷이었다. 운동복도 못 되는 겨울에 옷 속에 입는 내복 수준이었다. 하지만 레깅스를 선호하는 쪽에서 결투를 신청하듯, 팔 걷어붙이고 지금이 어느 때인데 뒤떨어진 소리를 하느냐면서 투쟁적으로 나오면 시간의 회로 속에서 잠시 길을 잃고 더듬거릴지도 모른다. 나만 뒤떨어진 시선을 갖고 있나 싶어서 말이다. 입는 사람보다 보는 사람이 모욕을 느끼면 그것은 옷이 아닌 것이다. 하지만 요즘은 별 걸 다 가지고 자유를 외치는 세상이라 그 문제는 곧 합의가 이루질 것이다. 왜냐하면 상대가 좋아서 하는 데 무슨 소리냐로 마무리 될 게 뻔해서 그렇다.

호텔 안에서는 사람들이 가벼운 차림이었다. 그만큼 사람들은 많이 먹고 수영을 하고 활동하는 일이 많아서 가벼운 옷차림일수록 호텔 풀장, 근처 자연과 잘 어울렸다.

내게 미국 간 명희가 전화를 했다. 나는 대학 졸업을 하고 중학교로 발령이 나서 출근한 지 오년 째였다. 그때 내 나이 삼십사 세였고, 명희는 삼십 세였다. 그녀는 미국에서 사회학을 공부하다가 중퇴하고, 종합상사에 다니면서 돈을 꽤 모았다고 했다.

"나 바 하나 차려서 장사할까봐."

"그래. 바를 해봤어? 경험이 있어야지. 어렵게 번 돈인데 경험도 없이 무턱대고 여자 혼자서 그 어려운 장사를 하겠다고?"

나는 지적인 그녀가 나타나서 바를 하겠다는데 할 말을 잃었다. 돈을 버는 일에도 각자의 이미지에 추상성을 가미하게 된다. 그녀는 공부하러 미국에 갔다 온 사람이다. 직업에 귀천이 있다 없다를 떠나서 그녀가 미국 가서 무엇을 했기에 바를 한다는 거야? 무얼 하던지 돈버는 일이라면 귀천을 따지지 말자고 하드라도 자기가 직업으로 하는 일에 대해서 잘 알아야 할 것이다. 그녀가 미국 가서 살던 세상이 있다. 그렇다면 그녀는 거기서 무얼 했을까? 그녀가 미국 가서 쓴 시간들에 대해서 궁금해졌다.

술을 마셨다하면 조는 사람이 있고 남에게 시비를 걸어야 하는 사람이 있고 술값은 자기가 내야 직성이 풀리는 사람이 있다. 술과 관련만 되면 너의 지갑이 내 지갑과 다르다고 다투자고 덤비는 사람이 있다. 나중에는 지갑이야기로 엉뚱한 시비를 거는 사람은 누구보다 점잖고 호인인 직장 상사 N이다. 주머니에 두둑한 돈지갑을 갖고도 외상 하자는 사람이 많은 게 술 파는 바닥인데 여자 혼자 바를 하겠다는 그녀가 자못 궁금했다.

"오빠, 내일 시간 좀 내."

"왜?"

"가게 좀 보러가게."

"나는 토요일 오후, 혹은 일요일이나 시간이 있어."

그녀와 나는 인사동 찻집에서 만나 이러저런 이야기를 하다가 일어났다. 결론은 내가 바를 하지말라는 쪽으로 그녀에게 가닥을 잡아줬기 때문이다.

"오빠, 우선 음악다방에나 가요."

무교동에 있는 세시봉은 시끄러웠다. 내리치는 드럼소리와 숨넘어갈 듯 뜯어재끼는 기타소리와 다른 타악기소리로 귀청이 날아갈 것 같았다. 그 난장판에 흥분한 젊은이들로 홀은 소리의 파도에 둥둥 떠내려갔다.

그날 밤, 우리는 호텔에 갔다.

"서양인들은 우리보다는 많이 자유롭지. 대신 자식들을 책임감 있는 사람이 되라고 가르치지."

"서양남자하고 결혼한다더니 어찌 됐어. 그 계획은 아직도 유효한 거야?"

"그렇지. 하지만 청춘남녀끼리 흥분의 도가니에 빠졌다가 세시봉을 나왔는데 그냥 헤어지는 것도 청춘인 내게 도리가 아니잖아. 그치? 오빠. 헤헤."

우리는 무교동 에끌라트호텔 1013호에 들었다.

"너는 여자가 남자와 잠자리를 같이 할 건데 웃음이 나오니?"

"그럼 울까? 나도 지금 오빠와 키스가 될까? 고민 중이야."

"하하… 그래?"

"그래. 젊은 꼰대라 이성으로 안 보이니 그게 문제야."

"우리 이 좋은 시간에 싸우지 말자. 난 너를 전부터 좋아했어."

"하하하, 나이 드시니 이제야 고백하는군."

"진짜야."

"오빠, 그런 농담도 하실 줄 알고, 많이 달라졌네. 오빠는 늘 어둡고 외로워 보여. 나와 미국가지 않겠어?"

"갑자기, 무슨 소리야?"

"그들은 우리처럼 복잡하지 않아."

"나는 여기서 잘 살고 싶어."

나는 침대 옆 다탁의자에 앉으려다가 그만 꽈당 미끄러졌다.

"아야!"

내 코가 침대 모서리에 부딪치고 말았다. 명희는 마악 샤워를 하려고 옷을 벗고 타올로 몸을 감은 뒤였다.

"오빠, 많이 아파?"

"내 코 좀 봐. 루돌프 사슴 코가 됐어."

"자! 우리는 그동안 탕자였어. 각자의 자리에서 어찌 살았던지 우리가 이 시간 마주한 것도 기적이야. 그것을 기념하는 의미로 뽀뽀."

우리는 정말로 아무 탈 없이 예까지 온 것에 감사하면서 가볍게 입을 맞췄다.

"오빠, 내가 먼저 샤워할게. 나, 지성 피부잖아."

"별 걸 다 묻네."

내 심장박동수는 급격히 증가했다. 나는 아버지의 등에 업혀서 떨어질 것 같으면 아버지의 어깨 위까지 무릎으로 기어 올랐다. 그때 아버지는 내가 아버지의 등으로 오르내리는 통에 목이 많이 아팠을 것이다. 왜 하필이면 여기서 그 장면이 떠오를까? 우리는 그런 부모덕으로 탈 없이 잘 컸다. 그녀 역시 남산을 놀이터 삼아 나와 함께 어린 시절을 보냈다. 지금 어린 명희가 덧입혀져서 아릿다운 처녀가 되어서 나와 함께 있다.

바람 부는 한지에서 울기 잘하던 어린 명희, 그녀는 흙먼지에 머리가 늘 뻣뻣했다. 어른이 된 지금 그녀의 머리는 손질이 잘되어 있어서 아름다웠다. 오누이 같이 자라던 우리는 지금 남자고 여자로 함께 호텔에 들었다. 나는 얼결에 내 호기심의 끈을 잡고 동생인 명희와 동행했다. 나는 미국에서 명희의 주 관심이 뭐였을까. 쑥스러운데 그녀와 그 이야기를 하고 싶다. 한편 마음이 무겁다. 마음 같아서는 익숙지 않은 이방을 떠나고 싶다. 늘 무엇에도 어느 곳도 만만치 않아서 스스로 벽이 되는 그런 내가 싫다. 오늘은 그런 나보다 은근하고 따뜻한 한 남자가 되자고 생각했다. 내가 만드는 벽을 허물고 서로 가까워지자 다짐했다. 티브이를 켰다. 티브이 속에서 남자와 여자가 열렬히 사랑 중이었다. 우리는 자유로운 싱글이라고 섹스를 가벼이 여기거나 하는 것은 아니었다. 나는 슬그머니 내 성기를 만져봤다. 물론 아까부터 녀석은 부풀어 끄덕거리고 있었다. 섹스에 취하다보면 극단으로 치달을 수 있다. 삶의 질이 떨어지고 일의 능률이 바닥으로 떨어져서 방종에 가까워질 수 있다. 중요한 것은 명희와 나는 친밀한 관계를 확인하는 것에 불과하다. 지금 명희와 나는 싱글이다. 싱글일수록 섹스에 대한 확고한 의식을 가지는 것이며 이 일이 한번으로 끝나지 않을 경우, 우리의 성에 어떤 위치를 부여할 것인가를 의논해야 한다. 나는 누구보다도 섹스에 얽매여서 하는 일에 지장을 줘서는 안 된다고 생각하는 사람이다. 오늘은 확실히 공간적일체감이 함께 했다. 가정 무용론까지 들고 나온 학자가 있었다. 결국에는 지구상에서 결혼이 사라질 수밖에 없다는 결론을 내놓고부터 그 학자는 자기주장을 폈다. 그 학자는 그 뒤부터 여론몰이의 대상이 되었고 그는 티브이에서 사라져 버렸다.

2. 기막힌 장충단공원

내 나이 여덟 살 때, 나는 아빠 손을 잡고 만주에서 출발하여 장충단공원에 도착했다. 차가운 바람이 아버지의 등에 업힌 나를 훑었다. 나는 아버지의 등에 납작 엎드렸다. 찬바람에 낙엽이 허공에서 날았다. 우리 뒤를 이어서 일주일 내내

일본과 중국에서 쏟아진 전재민들로 그곳은 금세 콩나물시루가 됐다. 지금보다 배나 넓던 장춘단공원이 사람들로 꽉 차 버렸다. 거기 모인 사람들은 내 나라 내 조국, 내 부모 내형제를 찾아서 외국에 나갔다가 되돌아온 사람들이었다. 그곳은 그런 의미에서 민족의 큰 나무였다. 얼굴이 얼고 포대기 밖으로 나온 손이 언 어린 아기들은 흡사 언 홍시처럼 보였다. 콧물, 눈물범벅이 된 아기들은 얼굴에 울어서 생긴 고드름이 보는 사람을 안타깝게 했다. 어제부터 찬바람이 불고 비가 내렸다. 찬바람이 세게 불었다. 애 어른 할 것 없이 추워서 병이 나거나 날 것 같은 사람들로 긴장감이 감돌았다. 여기저기서 애들이 겨울 추위에 자지러지게 울었다.

"에구 불쌍해라."

아기 아빠는 근심스럽게 아기를 바라봤다. 어른들은 애들 울음소리에 소리를 질렀다.

"아이 녀석, 고만 좀 울엇!"

"애들 우는소리에 돌아버리겠어!"

투덜대는 사람들도 어른으로서 애들한테 할 도리를 못하는 것을 알았다. 그래서 더욱 속이 상한 이들은 고개를 외로 꼬고 투덜댔다.

"탕 탕!"

갑자기 공원 안이 벌집 쑤셔놓은 듯 시끄러웠다. 천막 안과 밖에서 담배를 피우던 사람들도 놀라 급하게 담뱃불을 비벼

끄고 총소리의 진원지로 몰려갔다. 지금 같으면 드론이 떠서 신속한 조치를 했을 것이다. 그때 누가 소리쳤다. 뒤이어서 누가 급하게 호루라기를 불었다.

"비상! 모두 공원 밖으로 나가요."

그때의 일은 워낙 오래 되어서 꿈결처럼 아득했다. 우리 측 헌병과 미군들이 부산하게 움직였다. 사람들은 불안과 공포에 휩싸인 그대로 우왕좌왕했다. 나를 안은 아버지도 사람들에게 그대로 떠밀려서 공원 밖으로 나왔다. 옆 사람이 아버지를 보고 재빠르게 말했다.

"계속 이렇게 살라하면 죽는 게 났겠어요."

"그래 말입니다."

추위와 긴장감으로 나는 아버지의 등에 매달려서 아버지의 목을 꼭 죄었다. 아버지는 내 궁둥이를 세게 때리면서 소리쳤다.

"아이구, 이 녀석아!"

아버지는 나를 업고 공원 밖으로 나갔다. 내 무게에 힘이 든 아버지는 흘러내리는 나를 힘겨워했다. 그럴 때마다 내 무릎으로 아버지의 등을 한 단계 더 위로 기어 올라갔다. 맞잡은 내 손이 아버지의 호흡기를 간질이는 모양이었다. 아버지는 만세를 부르듯이 손을 위로 뻗으면서 기침을 했다. 하아~ 다시 또 아버지가 콜록거렸다. 나는 어쩔 수 없이 절로 하늘을 보게 됐다. 하늘이 흙먼지로 뿌옜다. 나는 그때 하늘을 날고 있는 새의 등으로 옮겨갈 수 있으면 좋겠다는 생각을 했다. 전재민들은 총을 쏜 사람을 잡으러 가는 사람들처럼 구름같이 공원 밖으로 몰려나갔다. 먹을 것이 없는 세상에 허기진 새는 노래를 잃고 힘이 없었다. 바람이 불었다. 나는 아버지의 등에서 내렸다.

"그만 좀 울어! 너만 춥냐. 우리도 죽겠다."

명희가 크게 울었다. 어린 우리는 편안과 안정이 필요했다. 미군들이 차에 싣고 들어온 구호물자 옷가지들을 가족 수대로 나눠주었다. 구호물자지만 두텁고 따듯한 옷가지였다. 초콜릿과 비스킷도 주었다. 먹고 마시며 따듯해진 하루로 장충단공원은 모처럼 조용하고 평화로웠다. 미군들이 종이와 색연필을 주었다. 나는 하얀 백지에다 집을 그리고 지붕에다 빨간색 칠을 했다. 그 집에서 같이 노는 애는 언제나 명희였다. 그 옆에는 조금 전에 잠깐 보았던 새 한 마리를 그려넣었다.

"총에 맞아 다친 사람은 없나?"

때마침 회오리바람이 누런 땅을 훑고 멀리 달아났다. 말을 한 사람들은 흙먼지를 뒤집어써서 사람까지도 누랬다.

"캑캑 에취."

"캑캑 에취취."

여기저기서 기침을 했다.

명희 엄마는 자식들을 안고 업고 힘에 겨워 낑낑댔다. 명희 아버지는 지방에 있는 친척 집으로 방 한 칸 구하러 간 뒤

였다. 이제 우리 아빠는 어쩔 수 없이 그들 세 식구를 챙겨야
했다. 일단 가까스로 공원 밖으로 나왔으니 사람이 덜한 곳에
가서 몸과 마음을 추슬러야했다. 가족의 손을 놓친 사람들은
실신한 사람들처럼 아이 이름을 부르면서 허둥댔다.

"용우야, 명희 너 오빠 손 꼭잡아야 해. 너 정신 바짝 차려
야 한다."

아버지는 내 손을 다시 꽉 쥐고 나서도 나를 내려다 봤다.

"곧 지나간다."

"일시적이라고? 이일이 그렇게 금방 끝날 것 같애?"

"총을 쏜 그놈이 미친 거죠."

"애들 울음소리에 총을 쏜 거지. 그 뒤로 따뜻한 옷을 주고
먹을 것을 주니까 울지 않잖아."

"그래 말이야."

남자는 키가 작고 몸 전체가 울퉁불퉁했다. 그 옆의 떡 진
머리의 얼굴만 뽀얀 여자와 현 상황을 주고받는 내용이었다.
그들은 너무 힘들어서 차라리 이 세상이 깨지 길 바라는 눈치
였다.

"살고 싶지도 않아."

사람들은 헐벗고 굶주린 그대로 씻지도 못해서 바람에 북
데기가 흘러 다니는 것 같았다. 한강은 멀고, 하다못해 청계
천도 가깝지 않지만 가뭄으로 말라비틀어져 악취만 풀풀 풍
겼다.

장충단공원은 시간이 흘러도 여전히 통째로 빙글거렸다. 어린 나는 그런 상황이 오히려 흥분되었다.

"누가 총을 쐈어?"

"모르지."

"살겠다고 찾아든 조국에서 개죽음 당하는 거 아냐?"

"그러게 말이야."

"나라가 잘 살아야 국민이 행복한대."

"이제사 해방됐으니 각오해야지."

"너무 밀지 마슈. 앞사람이 쓰러지면 우린 압사당해요."

"주의해야 하는데, 다치면 어디다 호소할 데도 없어요. 우리 스스로 냉정을 찾아야 해요."

"어렵게 찾아온 조국인디."

그때 만주에서 한국에 간다고 서운해 하던 같은 반 일본 친구 생각이 났다. 제 아버지의 손을 끌면서 나 좀 한국에 못 가게 하라던 친구였다. 그때 내 주위에서는 꽃향기가 났고 나는 향기 나는 쪽을 바라봤다. 꽃은 보이지 않았다. 단지 친구의 아름다운 우정만 있었다. 사람의 정이란 향기를 풍기는 모양이었다. 아니 꽃이 있었다. 그때 여름이었는데 뒤돌아보니 붉은 꽃들과 푸른 아이리스가 화단 둘레를 섬세히 장식한 건너집이 눈에 들어왔다. 일본 사람들의 집이었다. 인자한 표정으로 아들의 하는 양을 내버려 둔 친구의 아버지는 20엔 짜리 지폐를 내 손에 쥐어주었다. 춥고 힘이 들 때면 그 장면이 위로처럼 나를 찾아왔다.

　날이 추워지자 다시 사람들의 불만이 터졌다. 서울시에서는 일본인들이 살던 빈 집에 전재민들이 살도록 배정을 했다. 헌데 미군정이 그들을 나가라고 했고 그 일은 전재민들에게는 청천벽력과도 같았다. 그도 그럴 것이 날은 추워지고 입고 먹을 것조차 여의치 않은데 사는 집마저 빼앗긴다하니 사람들은 사생결단을 작정한 상태였다. 이미 신당정, 청구정에 사는 사람들의 불만이 극에 달했다. 주민 수백 명이 연명으로 미군 사령관 하지장군을 찾아가 명도 지시한 것을 철회해 달라고 했다. 그 일로 해서 총소리가 나고 놀란 한국인들은 산과 동네로 숨기 바빴다. 나도 아버지의 손을 잡고 남산의 활궁터까지 올라갔다. 마른 가시 넝쿨을 들치고 산 위까지 올랐다. 저 아래 장충단공원은 누런 황토 흙먼지가 뿌옇게 일어났다. 미군들은 국민 보건과 위생을 철저히 한답시고 사람에게 사정없이 소독약을 분사했다.

　가을이 깊어갔다. 날씨가 추워지자 서울시에서는 수천 명 전재민의 거주 문제와 원호 문제로 골치를 앓았다. 서울시장은 미군정이 관여하는 부분은 서울시장이라 해도 자기 마음대로 할 수 없는 상황이었다. 그로해서 시장은 무엇 하나 똑 부러지게 일처리하는 모습을 보여주지 못해서 불만이 컸다. 드디어 서울시장은 결단을 내렸다. 요정들을 개방하여 전재민들을 보호했다. 그 바람에 전재민 일부는 개방된 요정에,

일부는 장충동 적산가옥으로 들어갔다. 이미 도의를 무시한 모리배들이 점령한 일본인들의 장충동 단독주택을 서울시가 뺏어서 한 집에 전재민들 두세 집이 같이 살게 했다. 우리는 그마저 차지하지 못하고 밀려나 요정의 계단 밑에 골판지로 지은 집에서 살았다.

해방 2년이 지났다. 거리를 방황하는 전재민들의 참담함은 말로 표현하기 어려웠다. 지금도 장충단공원에 오면 혼란과 가난에 빠져서 허우적거렸던 내 어린 시절이 둥둥 떠 다녔다. 그때서야 사람들은 서울시장을 칭찬했다. 청계천은 주로 오 갈 곳이 없고 전쟁 중에 가족을 잃은 사람들이 판잣집과 누더 기 집에서 살았다. 내 또래 어린 애들이 제 동생을 등에 업고 집안일을 돌봤다. 부모들은 늘 먹을 것을 구하러 다니거나 다 른 일로 바빴다. 황학동을 무대로 고물을 팔아 돈을 마련하는 사람들이 늘어났다. 발 빠른 사람들은 어느 새, 서울시에서 허가를 받아 쌀 도가 유통시장도 만들었다. 시간이 흐를수록 장사를 해서 노다지를 캐는 사람들이 늘어갔다. 청계천 사람 들 일부는 미군부대에서 흘러나온 드럼통에다 미 군복을 물 들여 팔았다. 구릿한 양잿물 냄새까지 합세해서 악취는 늘 코 를 간질였다. 땟국 흐르는 아이들이 키 큰 미군들에게 '추잉 껌 추잉 컴'을 외쳤다. 겨울에는 귀신의 울음소리 같은 바람 소리가 사정없이 귀를 때렸다. 그 당시에는 어디를 가나 격하 게 다투는 소리, 악을 쓰며 아무데서나 발 뻗고 우는 아낙들,

배고픈 어린애들의 칭얼거리는 소리, 아무것도 남지 않은 폐허 속에 오로지 남아있는 것이라고는 헐벗고 굶주린 사람들과 거리마다 들리는 악다구니와 갈취꾼들의 성가신 행패뿐이었다.

나이가 들어서 일까? 나는 호텔 식당에 들면 혼자인 내가 싫다. 가족, 연인 혹은 친구끼리 무리지어 먹는 아침식사에 80살이 된 나만 혼자였다. 식사가 끝나고 복도로 나오면 신문이 보였다. 동아일보를 집었다. 다리를 절뚝이며 승강기를 탄 후, 호텔방에 들어왔다. 창가에 놓인 의자에 앉았다.

아버지가 나를 등에 업고 떠밀리는 인파 따라 공원 밖에서도 청계천 쪽으로 떼밀려 내려갔다. 큰길에는 따로 길을 찾아들 것 없이 길 위가 바로 사람이 **빽빽한** 콩나물공원이 되었다. 파헤쳐진 산등성이와 한 번도 빗자루를 댄 적이 없어 보이는 길에서 일어나는 먼지 때문에 호흡곤란이 왔다. 목이 말라서 칼칼하고 입술이 탔다. 목구멍 속에 울음이 뭉쳐서 까마귀처럼 꺼억 거렸다. 사람들은 저마다 근심 한 자루씩을 등에 메고 초점 없는 눈으로 사방을 두리번거렸다. 어깨가 축 처지고 누렇게 뜬 얼굴에는 버짐이 붙어 있었다. 명희 아버지도 명희를 업고 마치 솟구치는 파도 속에서 가라앉았다가 솟았다 했다. 인파속에서 명희 엄마의 머리도 보였다가 가라앉았다가 했다. 2살짜리 명희 여동생은 명희엄마가 두른 땟국 흐르는 포대기 속에서 자지러지게 울었다. 총을 쏜 미군은 한국에 와서 우울 증세를 보였다. 장충단공원은 오후 늦게 사태가 수습되고 다시 오갈 데 없는 사람들은 임시 천막에 몸을 눕혔다. 오후에는 찬바람이 살 속으로 파고 들었다. 천막이라 마냥 추었다. 바람소리가 울음소리로 변했다. 먼지를 걷어 올리고 머리카락이 작게 흔들렸다. 아버지는 나를 품에 안고 잠깐 잠깐 잠이 들었다. 그러다가 산처럼 무섭게 아버지의 코를 고는 소리에 잠을 깼다. 혹은 사방에서 콜록거리는 기침소리에 잠을 설치던 아버지가 새벽이 되어서야 잠이 들고는 했다. 난 파당하기 직전인 장충단공원이라는 큰 배는 자고나면 사람들이 죽어나갔다.

나는 나이 들어 거동이 약간 불편할 때를 빼고는 한 달에 두세 차례 장충단공원을 찾았다. 근래까지도 그곳 벤치에 앉아서 이런저런 생각에 젖어 있다가 다시 한 번 공원 안을 빙글거린 뒤에 집에 가고는 했다.

그 무렵 얘기를 이어보자. 그럭저럭 나라도 안정이 되어갔다. 많은 사람들이 서울 근교의 산을 깎아 집을 지었다. 산동네는 저녁이면 집집마다 모락모락 연기가 피어났다. 정겨운 풍경이었다. 나도 어느덧 초등학교 고학년이 됐다. 새엄마도 생겼다. 꽁초를 주워 말아 팔던 새엄마 덕에 지금의 하얏트호텔 주차장 주변에다 집도 샀다. 애들은 봄기운이 느껴지면 그늘진 곳마다 겨울의 사념처럼 아직 때 묻은 채로 녹지 않은 눈까지도 일부러 밟아 뭉개면서 겨울의 흔적을 지웠다. 그 당시 세상만큼 내 성장기에도 어둠이 짙게 드리웠으나 남산은 변함없이 사계절로 우리를 섬세하게 자극하고 위로했다. 남산은 우리들의 놀이터였고 자연의 공부방이었다. 제 동생을 들쳐 업고도 말처럼 잘도 뛰던 순오누님, 명순이 누이들과 함께 까르르까르르 웃던 때가 생각났다. 푸른 하늘 아래 남산은 손뼉을 치면서 우리를 따라 웃었다. 우리의 웃음소리는 남산의 꽃에 가서 나비를 불렀고 나뭇가지로 가서 바람을 불렀다.

지금은 그때 내 이웃들의 모습은 서로 얽히고 끊어져 잊혔으나 그 당시 이웃들의 따뜻한 인심은 불쏘시개용 조개탄처럼 내 기억에 남아 불을 피웠다. 단지 상이군인이던 순오누님 사촌오빠의 기억만이 우울했다. 팔봉산 전투에서 팔을 잃었다는 그는 갈고리 손을 뻗어 주로 꽃을 내리쳤다. 그것은 예쁜 여자를 안을 수 없다는 자책에서 오는 버릇이었다. 기 막혀라! 그것만 해도 인간 본질에 대한 투정이라 보는 이들은 웃겠지만 사실 얼마나 애잔하고 속상한 일인가. 본인 입장에서 보면 나라를 위해서 잃은 팔이지만 다른 사람은 다 멀쩡하잖은가. 눈만 뜨면 젊디젊은 그는 자신의 팔에 울화가 치밀고 화가 나서 죽을 지경이었다. 하지만 지금 그분들의 노고가 있어서 강대국 사이에서도 솔잎처럼 사철 푸른 영토로 반짝이지 않은가. 백가쟁명 해법들에 칠십년이 지난 우리나라 분단은 세계에 유래가 없는 단 한 곳이 되었다.

어린이 극장 '둥글레'는 아침부터 부산했다. 장충단공원 입구에는 '어린이 가을 동극잔치' 라고 쓴 플래카드가 바람에 펄럭였다. 이런 분위기가 만들어진 것은 아기 울음소리를 향해 총을 쏜 다음날부터였다. 어린이들은 일주일 후를 기다리면서 들떠 있었다. 드디어 잔칫날이 되었다. 지금의 동국대 빈 공터에다 임시천막극장을 만들었다. 집채만 한 천막을 치고 사실처럼 실감나는 건축 자재들로 무대를 꾸몄다. 우리는 그 화려함에 눈이 커졌다. 남녀 함께 협동하여 만들어낸 임시 극장은 훌륭했다. 순전히 총을 쏴 놀랜 우리를 달래기 위한 미군정이 마련한 잔치였다. 어린이 가을 동화잔치는 아침 11시에 시작됐다. 먼저 형형색색의 고무풍선이 하늘을 둥실 떠다녔다. 어린 우리는 손뼉을 치며 좋아했다. 앞으로 다가올 시간은 생전 좋은 것을 보지 못한 우리를 신기한 별세계로 인도할 것이다. 고함소리와 울음소리가 그치지 않던 곳이 가을 소슬바람에 웃음보따리가 터질 것이다. 서서히 어린이 잔치마당이 고조되어갔다. 밴드가 요란하게 어린이잔치를 알렸다. 산타복장을 한 담당 미군이 나와서 인사를 했다. 어린이 동극 '둥글레'는 불 쇼로 시작됐다. 마술을 시작하자 환호성이 터졌다. 보자기속에서 비둘기가 나오고 꽃이 피어났다. 단풍 들기 시작한 남산에 많은 비둘기가 날았다. 마술사의 손에서 풍선으로 만든 큰 벌레가 높이 솟았다. 아이들이 너무 좋아했다. 뒤를 이어 어린이들만의 연극이 시작되었다. 여기에 와 있는 미군자녀들로 이루어진 연극무대였다. 그들은 인형처럼 귀엽고 예뻤다. 처음에는 다섯 명이 나와서 춤과 노래를 했다. 시간이 흐를수록 어린이 구경꾼 수가 많아졌다. 인형극을 곁들인 한 시간 이상 공연을 하고서 미군들은 거기 모인 그 많은 사람들에게 빵과 우유를 나누어 주었다.

3. 불쏘시개

"야, 우리 지금 누구네 집 털려고 이렇게 일찍 일어난 거지?"

"바로 저 집이지."

형석이가 특유의 긴 턱을 들어 물었다. 내가 키 큰 형석을 올려다보며 능청을 떨었다. 형석이와 나는 15세 동갑내기였다. 그는 나보다 훨씬 컸다. 나는 키도 작고 말라서 형석의 동생도 한참 아래 동생으로 보였다. 그도 못 먹어서 얼굴에 버짐이 피고 옷은 후줄근했다. 무명바지가 낡아서 금방 엉덩잇살이 드러날 듯 위태로웠다. 하지만 나는 늘 깨끗하고 단정하려고 노력했다. 나는 몸에 열을 내기 위해서 늘 내 몸을 진동시켰다. 즉 다리를 떨거나 맨손체조라도 했다. 틈틈이 영어 단어도 외웠다. 가끔 보이는 미군을 붙잡고 서툰 영어로 말을 걸기도 했다. 내 안에 차츰 나를 활용하려는 마음의 근력이 생기고 말았지만 몸에도 근력이 붙었다.

만주에 사는 한국 동포들은 똑똑했다. 앞으로 한국은 좋아질 것이라는 확신이 생겼다. 낡았지만 같은 옷이라도 깨끗이 빨아 입으면 마음이 한결 가볍고 활달했다. 당장은 세상이 우리 꿈 많은 십대들이 살기에는 너무 살벌하고 가난했다. 어디를 둘러봐도 우리들의 마음을 어루만져 주는 곳과 사람은 없었다. 의지할 곳도 없었다. 모든 것이 맘에 들지 않았다. 어느 누구도 우리에게 하나의 사람으로 존중하고 대접하지 않았다. 소년기를 지난 우리는 이미 사춘기로 들어선 청소년이었다. 본능적으로 내가 서 있는 지점이 이리 위태로워서는 안 된다는 것도 잽싸게 읽어냈지만 당장 어찌할 환경이 아니었다. 나와 내 또래들은 늘 불만에 차 있었다. 형석이 같은 덩치들은 담배를 꼬나물고 어른 흉내를 내면서 자기보다 약한 애들을 깔보고 함부로 대했다. 나는 학교에서 공부를 잘했다. 집안일도 무척 잘했다. 책임감도 강했다. 그것은 내가 몸은 작아도 결코 나를 함부로 하지 못하게 상대와 나 사이를 경계 짓는 행동이었다.

형석과 나는 의미심장한 그 돌담 집을 올려다봤다. 그 집은 미군 고위층의 집이었다. 그 집에서 일하는 사람은 한국 여자가 셋이고 한국 남자가 하나라고 했다. 그 중 우리 엄마 또래의 여자가 잘 웃지 않는다는 소문이었다. 그렇다면 그분이 혹시 내 엄마가 아닐까? 나는 요즘 많이 외롭다. 춥고 외로우면 날 두고 집 떠난 엄마가 야속하면서도 그립다. 혹시 수단 좋은 우리 아빠가 돌담 높은 집에다 우리 엄마를 팔아먹은 것은 아닐까? 느닷없이 아빠를 의심했다. 우리 엄마가 저 집에 있다면 내가 새벽마다 이곳 쓰레기통을 눈 빠지게 바라보는 것쯤은 알고 있을 것이다. 재를 다 털어낸 뒤에 손톱만한 조개탄을 가져간다는 사실도 알겠지. 내 불안의 중심에는 엄마가 살고 있었다. 그런 사실에 어이가 없어서 내가 형석을 보고 영혼 없이 하하 웃자, 왜? 했다. 내가 웃는 이유를 말했더니 나를 보고 형석이가 의미심장하게 웃었다.

"언젠가는 내가 너희 엄마가 저 집에 사는지 안 사는지 알아 봐 주지."

형석과 나는 깨금발을 하고 그 집을 올려다봤다. 돌담 안에는 어둠을 뒤집어 쓴 키 큰 거인 하나가 나를 노려보는 듯해서 무서웠다. 눈을 감았다. 그 집 내부를 본다는 것은 어림없는 일이었다. 죄 중에 가장 큰 죄는 젖 물리던 어린 자식 떼놓고 집 나간 그 어미였다. '엄마가 사랑이 가득한 눈으로 늘 아기를 바라봐 주기만 해도 스스로에게 확고한 믿음을 갖게 되어 더 이상 외부 시선에 매달리지 않는다는 것' 그것은 우리를 관리하던 미군정의 유아양육담당자의 교육프로그램에서 나온 말이었다. 반대로 '엄마가 아이를 내킬 때만 눈길을 주는 경우, 아이는 자신이 열등하다고 느끼며 버림받을지도 모른다는 공포에 떨게 된다. 그처럼 열등한 자기 자신을 부정하고 방어하기 위해 아이는 남들에게 사랑받는 전지전능한 과대적 자기를 만들어 낸다'. 만약에 친엄마가 조개탄 재를 버리는 돌담 높은 집에 살면서도 나를 모른 척할 수밖에 없는 처지라 치자. 아마 나도 실제로 저 안에 내 엄마가 살고 있다면 나도 냉정하게 돌아서 버릴 것이다. 나는 엄마를 그리워하면서도 그만큼 부정했다.

"미친놈아, 어서 와서 일이나 해. 그 일은 내가 해결해 줄게."

형석을 믿느니 내가 직접 그 집에 들어가 봐야겠다. 그러려면 부지런히 돌담 오르는 연습을 할 수밖에 없었다. 하늘을 나는 자세로 팔을 벌려서 돌담을 껴안았다. 그런 다음 앞 발 뿌리에 힘을 꽉 주었다. 그 일은 집중이 필요한 일이었다. 그렇게 하지 않으면 허술한 자세가 나를 허물었다. 참다못한 형석이가 나를 안고 이미 퍼다 놓은 조개탄 재 앞에다 내려놨다. 나는 저항하다가 형석을 따랐다. 조개탄 자루를 열어 형석과 마주앉아 재터는 일을 시작했다. 조개탄 재를 버리는 그 집 담장 안에 심은 정원수 가지가 보였다. 새벽달에 비친 그 집 기와지붕 처마 끝도 보였다. 빼꼼 담 밖으로 내민 여인의 얼굴처럼 돌담 밖으로 나온 외등, 가늘게 떨고 있는 불빛이 여인의 반 호장 저고리처럼 선 고운 기와집 처마를 비추고 있었다.

"콩식아, 허튼 생각 고만하고 어서 일해라. 우선 내가 가져 갈 몫을 먼저 다듬어. 알겠니?"

"이 자식이, 또 달라고? 더 이상은 안 돼."

아버지는 말했다. 내가 너희 엄마를 쫓아낸 것은 너희 엄마라는 여자가 싫었다. 사람이 싫은데 어떻게 일생을 같이 하겠느냐? 너희 엄마와 함께 산다는 것은 나를 죽이는 일이었다. 사람이 한번 사는 것을 나를 죽이고 그림자처럼 살수야 없잖니? 서로 불행할 게 뻔한데 어쩌겠니? 나는 내게 정직했을 뿐이다. 여자는 상냥해야 하니라. 헌데 너희 엄마는 퉁명스러운데다 사사건건 나와 충돌했다.

애써 나는 형석이와 적당한 거리두기를 하다가 새벽에 이곳에 오면 꼼짝없이 녀석과 대면해야 했다. 여기서는 여태까지 좋은 게 좋다고 저와 친한 척하고 지냈다. 내가 그에게 깨끗이 다듬은 조개탄을 빼앗기는 일은 대단한 굴욕이었다. 하지만 체격 차이로 치미는 울화를 참을 수밖에 없었다. 허나 오늘은 달랐다. 부딪혀 싸울 작정을 하고 나왔다. 형석의 명령이 떨어질 때, 나는 큰 분노를 느꼈다. 나는 오히려 그를 노려봤다.

"하, 이놈 봐라."

형석이가 내 멱살을 잡고 공중 들기를 했다. 허공에 달랑 들린 나는 버둥대다가 유연한 내 몸을 활처럼 구부려 그의 손을 물어버렸다. 잇자국이 선명할 만큼 호되게 내게 물린 그는 개처럼 깨갱거렸다. 허공에서 떨어지는 나를 놓치지 않고 왼쪽 무릎을 들어서 내 배를 차는 바람에 이번에는 내가 깨갱거렸다.

조개탄 재를 털던 사람들의 시선이 우리에게로 쏟아졌다.

"형석아, 너 지금 애한테 뭐 하니?"

녀석은 사람들의 시선은 아랑곳하지 않고 악을 썼다.

"짜아식, 빨리 조개탄이나 갈라줘."

"…안 돼!"

나는 그날 새벽에 형석이의 주먹세례를 받았다. 하지만 나도 내일부터는 어림없다고 악다구니를 썼다. 그때 장충동 온 동네 개들이 짖었다. 동네 개들까지 합세하는 바람에 놀란 것은 형석이었다.

"어린애한테 지금까지 조개탄 상납을 받았으면 됐지. 뭘 더 바래냐? 쟤가 진짜로 화나면 무슨 짓을 할지 모르는 무서운 아이라는 거 몰라서 그러냐? 더 큰 일 나기 전에 그만 손 떼라. 형석아!"

"형석아, 그만해라. 그만 받아라."

다음날도 우리는 다 탄 조개탄을 기다리면서 실랑이를 했다. 돌담을 밟고 오르기 연습을 하면서도 말싸움은 여전했다. 잡을 거라고는 바람뿐인 돌담을 네 개 째 오르는 것도 단구의 내 짧은 다리로는 쉽지 않았다. 세 개쯤 오르다가 떨어지고 네 개쯤 오르다가 포기했다. 바람에 흔들리던 나뭇가지들이 일제히 하늘로 오르자 우리도 공중에서 엉덩방아를 찧었다. 그때 그 집 대문이 열렸다. 꺼벙한 사람 하나가 수레를 끌고 대문 옆에 붙은 쓰레기통으로 갔다. 그는 끌고 온 수레를 기우려서 수레 안의 것들을 쓰레기통에 쏟았다. 그 앞으로 형석이가 달려갔다.

"아저씨, 이 집에 봉자라는 한국 아줌마가 살고 있나요?"

"뭣? 그런 여자 없어."

남자가 빈 수레를 끌며 대문 안으로 들어갔다. 남자가 대문의 빗장을 걸었다. 형석과는 그날부터 절교의 빗장을 걸었다.

"덜커덕."

형석이가 나를 봤고, 나는 그를 등졌다. 내 어머니가 그 집에 없음을 확인한 중요한 날이었다. 그날부터 나는 '저 집에 혹시? 하던 내 어머니에 대한 미련을 버렸다. 쓰레기가 된 조개탄 재를 통에 퍼들고 와서 땅에 붓고, 재를 발겨낸 씨알 조개탄은 알루미늄 깡통에 담았다. 바람이 불자 불똥들이 잠시 튀었다가 사라졌다. 형석이도 내 옆에서 같은 방법으로 조개탄 쓰레기를 골라 담고 있었다.

혹시 저 집에 내 어머니가 살고 있을까? 하고 짐작해보는 일은 자신의 정체성을 확인하는 길이고 마음속에 늘 허전함으로 남아있는 '엄니'라는 새 세상을 기대하는 일이었다. 헌데 이제는 그도 저도 없단다. 그 집에 우리 엄니가 살고 있으리라는 기대는 사실 하지 않았다. 내 마음속에 어머니라는 허상을 만들어놓고 저기에라도 있으면 좋겠다는 나의 바람일 뿐이었다. 형석은 나를 보고 조롱했다.

"됐냐?"

일차 쓰레기를 담아 나온 뒤, 다음 차례를 기다리는 사람들이 우르르 돌담 높은 집 쓰레기통으로 몰려갔다. 각자 조개탄 쓰레기를 퍼들고 온 사람들은 지금의 장충동교회가 있기 전, 공터로 갔다. 저마다 들고 온 조개탄 재를 각자 손으로 털고 발랐다. 조개탄 재 속에는 우리가 바라던 타지 않은 까만 불쏘시개가 들어있었다. 눈알 같이 까만 것이 연탄 피우는 데는 그만이여, 고마운 것이지 뭐. 낯이 익은 아저씨 하나가 나를 보고 말했다.

"나뭇가지 위에 작은 조개탄 몇 개를 올려 불을 붙이면 처음에는 금맥처럼 가느다란 금빛이 몸을 떤다니께."

그 불빛이 차차 확장해가는 환희! 다 탄 조개탄 재 속에서 손톱만한 것, 사람들은 식량과 같은 비중을 가진 불쏘시개를 들고 흩어졌다.

"난 꼭 노량진 수산시장에다 점포 하나를 잡고 말거야."

하던 형석의 말도 떠올랐다. 그가 노량진 수산시장에다 점포를 낸다는 것은 형석이 엄마가 생선 함지박을 이고 다니면서 장사하기 때문이었다. 나는 형석을 바라보면서 속으로 다짐했다.

'나도 어서 집을 떠나자. 엄마를 꼭 찾자.'

4. 사랑을 위하여 떠나자

　나는 내 인생에 축배를 들기 위해서는 열심히 노력해야 했다. 나는 맨손체조부터 시작했다. 틈틈이 영어단어도 외웠다. 가끔 보이는 미군을 붙잡고 서툰 영어로 말을 걸기도 했다. 내 안에 차츰 나를 활용하려는 마음의 근력이 생기고 말랐지만 나름 몸에도 근력이 붙었다. 한국에 나와서 생각하니 만주에 사는 한국 동포들이 퍽 똑똑했다는 생각이 들었다. 우리민족에 대한 기대와 확신이 생겼다.

　'내 아들, 내 아들 내놔! 엉엉!'

　말이란 말을 전해주는 사람에 대한 신뢰감이 전해들은 말의 신빙성을 좌우한다. 헌데 우리 삼촌은 그리 신뢰할 인물이 못되었다. 눈치가 빠른 우리 삼촌은 상대의 기분에 맞게 각색해서 말을 전하는 경우를 종종 보았다. 그런 삼촌이 전하는 말에 의하면 아버지한테 느닷없이 쫓겨난 어머니가 정신없이 우리 집 담을 뱅뱅 돌았다.

　'내 아들 내놔!' 허나 나는 어머니가 했다는 말과 행동을 믿지 않았다. 나는 자식을 낳았으면 목숨 걸고 자식을 지켜야 한다고 생각했다. 엄마가 나를 버렸다는 생각을 지울 수가 없다. 엄마 없이 자란 나는 이미 여자를 믿지 않는 버릇이 생겼다.

　나는 중학교 2학년이 되었다. 오월은 오래 전에 죽은 이를 기억하게 한다는데, 나도 오래 전에 나를 버리고 떠난 내 어머니를 생각했다. 어쨌든 내 어머니였다. 어서 돈을 모아서 어머니와 같이 살자. 고등학생이 되면 엄마를 찾아 나설 것이다. 아버지 손을 잡고 만주에서 장충단공원으로 돌아온 2년 뒤였다. 세상은 어딜 봐도 안개 자욱하고 희망이 없어보였다. 가물기라도 하면 헐벗고 굶주린 일부 사람들은 온몸에 부스럼이 나고 중병에 시달리다 눈을 감았다. 하지만 우주의 운행은 정확하게 돌아가고 봄이면 남산 가득 꽃이 피고 햇살 밝아 좋았다. 어머니에 대한 소식을 들을 수 있을까 싶어서 봄 시제 모시러 고향에 간다는 아버지를 따라나섰다. 고향 역시 어딜 가나 분뇨냄새가 났다. 어머니와 초등학교에 같이 다닌 친구라면서 중년 여자 하나가 내 손을 꼭 잡아주었다.

"에구, 봉자 아들이라고? 많이 컸네."

"우리 엄마 아세요?"

"알지."

"어디 사시는지 알고 계세요?"

"낸들 아냐. 너희 엄마는 시집간 뒤로 친정집에 한번을 안 왔다. 갸가 어려서부터 고집이 쎄고 독했니라. 학교 다닐 때는 부반장도 하고 공부를 잘 했지. 그때에도 남이 주는 것은 학교 마칠 때까지 한번을 안 먹었을 것이다. 그렇게 성격이 곧아. 어쩌면 그런지 몰라. 다른 애들처럼 까불지도 안 해. 근데 얼굴은 갸름하고 예뻤어. 어려서는 키가 작았어. 너도 엄마 닮아서 키가 작은 편이구나."

남산은 왜색이 짙은 곳이었다. 전쟁 나기 전부터 왜장이 남산에 머물다 떠났다. 남산에 익숙해진 일본인들이 장충동에 많이 모여 살았다. 지금은 일본인들이 떠난 자리에 의미심장한 인물들이 하나둘 모여 들었다. 부동산 전쟁에서 이긴 그들이 떠난 자리에 현재는 대부분 세입자들이 모여 살았다.

아버지는 내게 명령했다.

"불과 물은 네 담당이다. 알겠냐?"

하얏트호텔 밑으로 사람들이 거주지를 옮기면서부터 동네에 학교가 들어섰다. 반공연맹 간판이 붙고 '반공청년'이란 간판도 학교 근처의 건물에 붙었다. 쓰레기 손수레꾼도 자주 다니기 시작했다. 그는 넘치는 쓰레기를 싣고 언덕배기를 오르다 그만 쓰레기에 압사당할 뻔한 경우도 있었다. 그는 손수레에 가득 실은 쓰레기를 그대로 방치한 채 가버렸다. 물론 나중에는 악취가 엄청났다. 나는 불쏘시개를 위해서 새벽에 일어났다. 그 일이 끝나면 세수를 하고 학교 갈 준비를 한 다음 물통을 들고 김씨네 처마 밑의 수도꼭지 앞으로 갔다. 이미 부지런한 사람들이 사오미터로 물통을 세운 뒤였다. 하교 후에는 물통이 있는 곳으로 가서 내 차례를 기다렸다. 한번은 오른쪽 어깨에다 책가방을 짊어지고 물지게를 진 뒤에 일어나다 물통이 나를 덮쳐 버렸다. 물에 흠뻑 젖은 나는 정말 슬펐다. 쫄쫄 굵고 그 무거운 물지게를 짊어지다니! 나도 무모했다. 그 뒤부터 나는 물지게를 무지게라 했다. 물을 뒤집어

쓰는 순간, 무지개를 보았다.

내 어깨는 늘 천근이었다. 비가 부슬부슬 내렸다. 엄마 생각이 났다.

"너 요즘 정신을 엇다 두고 다니니, 엉? 물 항아리가 텅 비었는데."

새엄마가 막 학교에서 돌아온 내 등짝을 주먹으로 세게 쳤다. 번쩍! 불이 났다. 뿐만 아니라 휘잉, 내 안의 피가 거꾸로 도는 기분이었다. 새엄마가 밖에서 기분 나쁜 일이 있었는지는 몰라도 내게 너무 했다. 나는 천천히 숨을 크게 들이마셨다. 아픈 등을 오른손으로 만져봤다. 혹이 나거나 움푹 팬 것도 아닌데 아팠다. 마음이 더 아팠다. 눈물이 났다. 엄마 생각이 났다. 그렇잖아도 배가 고프고 기가 빠져 있었다. 그런데 등짝을 호되게 맞았다. 나는 반사적으로 새엄마를 향해 있는 힘껏 발차기를 했다. 새엄마가 일미터 쯤 날아서 툇마루에 부딪혔다. 쿵! 새엄마는 툇마루 모서리에 허리를 부딪고 여지없이 공중으로 올랐다가 땅에 고꾸라져버렸다.

"아구구구, 저놈이 사람 잡네. 아이구, 내 허리!"

나는 무척 고달팠다. 물통을 수돗가에 잇대어 놓고 학교에 가면 첫 시간은 늘 꾸벅꾸벅 졸았다. 다 의식주에서 가장 중요한 부분이라 부모한테 불평도 못했다. 아버지는 유리공장인가를 하다가 실패한 뒤부터 집에 있는 시간이 많았다. 내

가 하는 일은 당신과는 당치 않은 것으로 생각했다. 불쏘시개
는 작은 항아리에 반이나 남아있고, 큰 옹기항아리에도 물이
반 이상 남아있었다. 그런데 수고했다고 등을 토닥여주지는
못할망정 때리다니! 나는 이집의 하나뿐인 자식이다. 내게 벌
떼처럼 몰려와서 나를 인질로 삼으려는 것이 또 있다. 그것은
잠이었다. 그런 어려운 가운데서도 나는 가족들에게 군말 같
은 것은 하지 않았다. 나는 그렇게 물과 불쏘시개를 물어 날
랐다. 하지만 언제부턴가 입맛이 떨어져서 통 밥맛이 없었다.

 우리 아버지는 돈을 안 벌어도 기죽지 않았다. 나는 아버지
의 아들이라 아버지의 만만한 심부름꾼이기도 했다. 지금 생
각하면 아버지는 나를 누르는 힘이 셌다. 아무것도 아닌 것
같아도 그것 때문에 내게 자립심이 생기고 앞으로도 어려운
비탈과 맞설 수 있는 지략과 용기가 생겼다고 생각했다. 아
버지는 뭐든 말로 그럴싸하게 포장했다. 위엄과 약간의 유식
함으로 새엄마와 나를 휘어잡았다. '쉽게 사는 토끼가 없듯
이 쉽게 사는 호랑이도 없느라. 그만큼 이 세상에 태어난 자
체가 고달픈 게야. 너, 공중수돗물이 오후 5시라야 나오는 거
알지. 학교가기 전에 물통을 세워 둬라. 그래야 학교 갔다가
오는 길에 바로 수돗물을 받아지고 집에 올 수 있지. 누가 세
치기하지 않게 네가 세워둔 물통의 앞뒤 물통을 잘 봐둬. 알
루미늄 물통에다 네 이름 석 자를 크게 써 놔라. 그래야 석양
에 네 이름 석 자가 빛나니까. 누가 아냐? 나중에 누군가 너

를 기억하고 너를 도울 행운이 찾아올지. 또 있어. 잃어버려도 찾을 수 있잖니. 물은 생명과 연결 되어 있니라. 물 배급도 보통 부지런하지 않으면 말짱 도루묵이니라.' 나는 그런 아버지를 눈 흘기고 싶지만 그럴 용기가 나지 않았다. 나는 언제나 하교 후, 물통 근처에서 어슬렁거리면서 누가 새치기 못하게 내 물통에서 눈을 떼지 않았다. 주린 배를 손으로 쓸면서 어슬렁거리면 내 차례가 왔다. 물 문제가 해결된 지금은 주거 환경마저 바뀌어서 여기가 천국인가 싶게 딴 세상이 되어버렸다.

늘 마음속에 자리하고 있는 어머니를 찾아 나섰다. 내가 고등학교 2학년 때, 잠깐 여름방학을 이용하여 여행 삼아 울릉도에 도착했다. 내 안의 어머니를 어루만지면서 '이제 어둠에서 나오세요.' 제발 내 안의 어둠에 싸여있던 어머니가 물거품이 되지 않기를 바라면서 천천히 울릉도청을 찾아갔다. 어머니는 서류상으로는 울릉도에 주소를 두고 있었지만 외가에 대해서는 어떤 단서도 찾을 수가 없었다. 나와 마주선 내 어머니는 너 정말 잘 컸다. 이제는 자식을 떼어놓고 나온 년이라는 죄책감에 시달리지 않아도 되겠구나, 하면서 정답게 아들 손을 잡으며 흐뭇해 할 내 어머니를 기대했다. 군청이 있는 곳이라야 넓지 않아서 군청 사무원에게 꼬치꼬치 물었으나 그 직원도 아는 바가 없다했다. 그날 외가와 연이 닿는 사람은 한 사람도 찾을 수가 없었다. 내 가슴속에는 더욱 큰 어둠이 자리하게 되었다.

5. 순오누님

남산의 4계절은 아름다웠다. 지금의 동국대 후문 쪽, 어린
이 야구장을 지나 산에 오르면 겨우내 불면에 시달리다가 근
래 들어 자다 깬 듯, 활짝 핀 노란 개나리가 남산을 밝혔다.
남산 팔각정까지 이어지는 산중턱 길로 들어서면 벚꽃이 터
널을 이뤘다. 산길에는 낮은 풀꽃들이 겨우내 닫고 있던 눈
을 뜨면서 하나둘 하늘을 봤다. 가을에는 가을대로 아름다웠
다. 남산의 가을은 잘 살아온 인생의 황혼을 닮았다. 그제 진
찰을 받았던 서라벌 한의원에서는 내게 양약과 한약을 겸하
라고 권했다. 나는 냉장고에서 마주앙을 꺼내 한잔 가득 따랐
다. 사실 내게 술은 독약이었다.

순오누님의 딸 해수의 전화를 받고 샤워 후 면도까지 하고
호텔을 나섰다.

"엄마가 당신보다 먼저 세상 뜬 언니 땜에 아직도 못 일어
나세요. 아저씨, 오시려면 아직 멀었어요? 명희 아줌마는 오
셨어요."

"알았다. 바로 가마."

헌데 내가 자리에서 일어나려니 머리가 핑 돌았다. 더듬더

들 창가로 갔다. 녹음이 우거진 남산을 바라봤다. 처음에는 뿌옇던 남산이 차차 또렷하게 보였다. 제 정신이 들자 다시 나갈 채비를 했다. 여름이면 남산 계곡에 가서 내 어린 몸을 씻어주던 동네 누나들이 하나둘 세상을 뜨고, 순오누님만 남았다.

순오누님은 결혼하고 얼마 안 있어 남편이 육이오 전쟁터로 나갔다. 그때 나가서 행방불명이 되어 누님 혼자서 딸 둘을 잘 키웠다. 나는 전철역으로 향했다. 그곳은 노력한 만큼 기 살려준 황금의 땅이었다.

그때에는 마치 금을 캐기 위해서 서부로 가던 미국인들처럼 나만 아는 노다지, 금광맥이었던 곳이었다. 운동 시합이 있을 때마다 중 2년생이던 나는 학교를 마치고 중부시장으로 갔다. 거기에는 중부건어물상 누나가 이것저것 견과류를 넣어 만든 술안주를 줬다. 나는 우선 장사를 끝마친 뒤에 와서 누나와 외상값을 계산했다. 책을 담았던 가방이 하나의 작은 상점으로 변했다. 내 책가방은 두세 개 됐다. 책가방은 새것이고 장사가방은 쿰쿰한 냄새가 났다. 나는 S운동장으로 통하는 하수구 앞에 서서 크게 한번 웃었다. 두 손 모아 신께 절을 한 다음에 하수구로 기어들기 시작했다. 늦은 봄이라 나는 팬티 한 장만 입고 그 위에 미제 우비를 쓴 뒤에 전진했다. 미군용 우비는 튼튼하고 작은 내 체구를 크게 싸버렸다. 나는 큰 우비로 나를 말아 감고 장화를 신은 뒤에 앞으로 전진 했다. 하수구 끝에 가서 우비를 벗어 흐르는 땀을 닦고 우비는 중부시장 누나가 준 튼튼한 군용 비닐 백에 넣었다. 교복으로 갈아입고, 화장실에 가서 우비를 씻은 뒤에 백에 넣은 우비를 나만 아는 창고 안, 비밀장소에 두면 그만이었다. 그렇게 3년 장사하고 나니 집 한 채 값이 모아졌다. 나는 대학을 가기로 맘먹었다.

내가 사랑했던 향숙이가 생각났다. 그녀는 아파서 결국 고향인 인천으로 돌아간 후, 소식이 끊겼지만 하필 왜 이런 시간에 그녀가 생각날까. 그녀의 눈은 안개처럼 꺼져 들어갔다. 그런 가운데서도 웃음소리는 청아했고 미소가 아름답던 잊히지 않는 그녀였다.

S운동장 밖에서 관중석까지 들어가려면 치밀해야 했다. 마치 전쟁 중의 적의 위치를 정확하게 파악한 뒤에 작전개시를 하듯이 나도 운동장에 닿기 위하여 수채 안으로 한 발짝씩 다가갔다. 하수구 바닥은 마치 조개탄을 깔아놓은 듯이 검게 들러붙은 오물과 이끼로 나아가기가 힘들었다.

어느 날, 하수구에서 허덕이는 나를 부르는 소리에 돌아보니 내가 들어온 하수구 입구에서 손나팔을 만든 순오누님이 손을 흔들었다.

"누나앙!"

하마터면 나는 기뻐서 바로 하수구 구멍을 뒤돌아 나올 뻔했다. 냄새나는 그것을 혼자서 견디고 참아내면서 반대쪽 끝에 이르는 일은 한 시간 동안 코를 막고 기를 써서 낙원에 닿는 일이었다. 수채 안에 들어서자 깜깜한 구석에 반짝이는 눈이 있었다.

쥐들이 툭탁 뛰어 오르자 구석의 물체가 움직였다. 나는 크게 놀랐다.

6. 살쾡이

나만 이용하는 길인데 오륙 미터 앞에 반짝이는 두 눈이 있다. 무섭다. 바닥은 오물과 이끼로 카펫을 깔았고 악취가 코를 쏘았다. 중 2학년 초봄부터 나는 이 길을 이용했다. 이 길 반 쯤 가면 온몸이 땀에 젖었다. 이 길을 극복하지 않으면 내 미래가 없다. 내 운명을 닮은 것처럼 빛 한 점 들어오지 않는 깜깜한 길이었다. 이 길을 더듬더듬 혼자 걸어 나갔다. 나처럼 새벽마다 불쏘시개를 위하여 고군분투해보지 않은 사람은 이 길은 너무도 난해해서 도저히 극복할 수가 없다. 그것은 눈보라치는 히말라야산을 오르는 일과 같은 것이다. 사람은 위대하다. 나도 사람이다. 그러므로 나도 도전의 히말라야 성공스토리를 쓸 수 있다. 도전한다고 다 성공하는 것은 아니다. 성공보다는 실패가 대부분을 차지하는 히말라야 산 등반이다. 나는 반짝이는 두 눈동자를 응시하랴, 오물이 흐르는 곳에서 넘어져 코를 박을까봐서 주의하랴 진땀이 났다. 놈은 꼼짝도 하지 않는다. 이 길은 S운동장에서 사용하는 하수구였다. 나는 요즘 이 하수구가 눈보라치는 히말라야 산을 오르는 것만큼 고역이라 싫다. 헌데 이 길에 놈이 나타났다. 이 길을 너무 싫어하는 나를 향해 이곳을 극복하라고 신이 보낸 선물인 모양이다. 그렇더라도 나는 신경을 건드리는 저놈이 싫다. 놈은 지금 쥐를 노리는 모양이다. 남산에는 살쾡이, 고양이, 라쿤 등이 살고 있는데 놈도 남산에서 왔을 것이다. 나만 다니는 이 길에 나타난 저 불청객도 성깔이 꽤나 있어 보인다.

나는 벼락 같이 소리를 질렀다.

"이 노옴! 너 누구냐?"

놈이 놀라 뛰는 듯 했으나 그것은 나의 바램이다. 오히려 놈은 내 머리를 휘익 뛰어넘어서 곧장 내달았다. 꼬리가 긴 녀석은 꼬리로 내 등을 치고 내리면서 내 다리를 깨물고 달아났다.

"아야! 어엉엉~"

나는 후드를 푹 눌러 썼다. 미군부대에서 나오는 튼실한 군용 비옷이었다. 오늘 따라 장화 사이즈를 2센티 큰 것으로 신었다. 나는 더 이상 놀라지 말자. 겁먹지 말자고 다짐했다. 나는 천천히 앞으로 걸었다. 하지만 이미 놈에게 겁을 먹은 뒤라 오물에 미끄러지고 엎어지면서 두 손 다 땅을 짚었다. 비옷자락이 다 오물에 빠졌다 일어났다. 악취에 눈이 맵고 힘이 들었다. 그 와중에 땀이 난 얼굴에 거미줄이 엉겨 붙어 나를 괴롭혔다. 나는 더듬더듬 하수구 밖으로 나왔다.

나는 어제 내린 빗물을 받아놓은 드럼통을 발견했다. 나는 가방을 열어 미군부대에서 나온 포켓용 비누로 우선 두 손을 박박 닦았다. 얼굴과 두 다리, 발, 신발을 닦았다. 비누로 비옷을 다 빨아 턴 다음 물기를 닦아서 비닐 백에 넣었다.

그날따라 악취가 심해서 역시 미군부대에서 나오는 포켓용 오데코롱을 옷과 팔에 살짝 뿌린 뒤에 관중석으로 갔다. 한일 축구전은 영대 삼이었다. 처음 열리는 한일전이라 관중석은 빈자리 없이 꽉 찼다. 다만 스크린으로 봐야하는 동편으로 가서 한 자리 남은 빈자리에 앉았다. 자주 있는 축구경기가 아니었다. 귀한 경기를 보기 위해서 가슴을 앞으로 쑥 내밀었다. 심호흡을 여러 번 한 뒤에 잠시 관람을 했다. 장사는 막간을 이용하면 됐다.

한일전 마지막 날, 나는 다시 S운동장 하수구를 찾았다. 전에 나를 물었던 놈과 한판 붙을 요량으로 일단 녀석을 유혹할 양식을 마련했다. 시장에서 닭다리를 사고 오징어 다리를 마련했다. 적을 알고 나를 알아야 열 번 이긴다는 병법서에 있는 말을 들었기에 나는 녀석을 확실히 알기 위해서 놈의 먹이를 구해야 했다. 나는 먹으면 잠깐씩 기절하도록 닭다리에다 수면제를 살짝 비벼 뿌렸다. 어둠에 내 눈이 적응하자 주위를 꼼꼼히 살폈다. 녀석은 남산에 갔는지 보이지 않았다. 사방에 녀석이 싼 오물이 보이는 걸로 봐서 영역표시인 듯 했다.

나는 안테나를 세웠다.

들고 간 닭다리를 흔들었다.

"나비야~ 맛있는 고기반찬 왔다."

허나 녀석은 반응이 없다. 이번에는 닭다리를 건너편 하수구 언저리에 던졌다. 십분 이상 망을 봐도 바스락 소리 하나 없다. 나는 가스 찬 공간에 쪼그리고 앉아 있다가 더는 버틸 수가 없어서 자리에서 일어났다. 다시 전진하기 위해서 마악 몸을 꺾는데 그놈이 저쪽에서 눈을 반짝였다. 어슬렁어슬렁 닭다리가 있는 쪽으로 다가왔다. 가까운 곳에 남산이 있기 때문에 거기서 내려온 모양이었다. 녀석은 하수구로 쥐 잡으러 온 모양이었다. 녀석이 닭다리 근처로 다가왔다. 두 눈을 반짝이며 나를 경계하면서 닭다리를 입에 물었다. 나머지 한 개는 그대로 그릇에 있는 것을 확인하고 나는 S운동장으로 향했다. 한일 친선경기는 오후 두시에 있었다. 지금 오후 1시니까 어서 서둘러야 했다.

닭 맛을 본 살쾡이는 오늘은 태도가 달랐다. 칼칼한 성격을 세우는 대신 나를 가만히 응시했다. 육칠십년 대 남산 밑에다 천막을 치고 살던 사람들이 봄이면 병아리를 사다 기르거나 암탉이 알을 품도록 해서 닭을 키우는 집이 여럿 있었다. 남산에는 계곡도 많고 작은 동굴이 여러 개 있어서 동물들이 살고 있었다. 특히 살쾡이는 살아 움직이는 것들을 모두 죽인 다음에 일부만 먹고 말았다. 하얏트 자리에 살던 훈이네 집에는 밤이면 짐승이 나타나서 자주 닭을 잡아 죽였다. '소 잃고 외양간 고친다고' 훈이 아빠는 죽은 닭들을 보고 화가 났다. 그런 날 아침이면 밥을 먹지 못했다. 그리고는 그 날은 장에 나가 양잿물을 사온 후에 죽은 닭 몸에다가 바른 다음에 그릇에 담아 닭장 양쪽에 놓아두었다. 하지만 죽은 닭은 그대로였다.

다음 날, 나는 카메라 한 대를 사기 위해서 세운상가에 있는 카메라 점에 갔다. 중고는 새것의 반값이어서 중고 카메라 한 대를 샀다. 그것을 목에 걸고 시장에서 닭다리 두 개를 샀다. 하수구에 든다는 것은 역시 고역이었다. 어제 놓아두었던 사기그릇 안을 살폈다. 헌데 닭다리는 오간데 없었다. 다시 또 나비를 불렀다. 허나 기척이 없었다. 이번에도 그 자리에다 갖다놓은 이 빠진 사기그릇에다 닭다리를 담았다. 어제만큼 시간이 지나자 내가 초조해졌다. 하지만 나비라고 불러주던 놈은 여전히 기척이 없다. 할 수 없이 일어나서 마악 돌아서려는데 저만치서 반짝반짝 이쪽을 바라보는 물체가 있었다.

"나비야~"

놈이 조금 앞으로 나왔다. 다리를 약간 절었다. 나는 재빨리 카메라 셔터를 눌렀다. 노란 털 바탕에 굵은 줄무늬가 있는 살쾡이었다. 다시 가져온 닭다리를 하나 더 그릇에 담았다. 그걸 보더니 놈은 몸을 한번 턴다. 놈은 부스스 일어난 털로 인해서 꽤 커보였다. 이번에도 나를 공격할까봐 돌아서서 거꾸로 걸었다. 녀석은 닭다리를 먹으려고 마악 닭다리를 담은 그릇으로 다가가는 중이었다. 놈이 나를 다시 공격할까봐서 준비해온 보자기를 손에 쥐었다. 나를 향해 달려오면 나는 녀석을 보자기로 싸버릴 요량이었다. 먹이에 열중하는 녀석을 보고 나는 출구를 향해서 돌아섰다. 쏜살같이 내게로 돌진한 놈을 잽싸게 보자기로 싸버렸다. 놀란 나는 바로 놈을 물속에다 넣고 숨통을 죄였다. 녀석은 서서히 힘이 빠졌다. 녀석 덕분에 쥐는 사라졌다. 이제는 하수구의 냄새만 남아서 나를 괴롭혔다.

나는 이를 악물고 오른발 엄지발가락에 힘을 꾹 주었다. '제석아~, 너 대학 가려면 정신 차려!' 남의 눈을 속이는 일은 없어야 한다. 날마다 장마다 꼴뚜기가 나는 게 아냐. 맘먹고 시작한 일인데 후진은 없어. 전진만 있을 뿐이다. 뒤통수에 진

득한 땀이 뱄다. 얼굴에서도 땀이 흘렀다. 어라! S운동장으로 향하는 터널 입구가 환히 보였다. 나는 무섭게 터널 밖으로 달려 나갔다. 운동장 화장실로 가서 몸을 씻은 다음, 교복으로 갈아입었다. 거울을 본 뒤에 중부시장 건어물 가게에서 누나와 함께 만든 100개의 안주봉지를 다시 한 번 확인했다. 나는 발걸음도 가볍게 관중석으로 오르는 계단위로 올라섰다. 얼굴에 미소를 띠고 소리 쳤다.

"맥주와 좋은 안주 가져 왔어요! 소주도 있어요!"

나는 순식간에 오래된 장사꾼처럼 딴 사람으로 변했다. 이상했다. 뱃장이 생기고 자신감이 넘쳤다. 운동 시합은 사람을 들뜨게 했다. 물론 거기 모인 청중들의 들 뜬 마음이 맥주와 봉지안주와 소주의 구매를 배가시켰다. 운동장에 오기 전에는 그 더러운 하수구를 어떻게 빠져나가 S운동장에 닿을까? 입이 붙어 말이 안 나온다면 이를 어쩌지? 하지만 그것은 기우였다. 하지만 나는 늘 같은 걱정을 했다. 건어물가게 누나는 물건을 대주고 파는 방법까지 알려주었다. 외상값을 갚고 나면 다시 또 물건을 줄 것이다. 장충동 돌담 집 돌담을 오를 때처럼 앞 발가락에 힘을 주고 앞으로 걸었다. 각종 시합이 있을 때마다 3년 반 정도 장사를 했다. 주로 운동장에서 하는 시합이 있으면 나왔다.

세월이 흐르자 세상도 많이 변했다. 여기저기 물을 깁는 펌프가 생기고 수도를 설치하고 굵고 긴 호스를 장만한 물장사가 늘어갔다. 돈이 모아지는 바람에 나는 힘든 줄도 몰랐다. 서울에서 제일 좋은 S대학교 사범대학에 합격했다. 내가 번 돈으로 대학등록금을 내고도 신당동 택지개발에 참여할 수 있어 땅도 샀다.

파파 할머니가 된 순오누님은 수서에서 작은딸과 함께 살고 있었다. 전철을 타려면 일단 전철역으로 가야했다. 나는 어두운 하수구 바닥에 이미 손을 짚었다. 이게 치매인 것이다. 손을 들어 혀를 대 봤다. 우웩! 악취가 나를 쏘았다. 나는 오른 발을 들었다. 하수구 물이 흐르는 곳을 나와 물 길 옆 인도로 나왔다. 이미 발은 하수도 물에 젖고 바짓가랑이도 젖었다. 처음 쓰레기통에서 조개탄 재를 쓸어 담던 그때처럼 암담했다. 사람이 어린 시절을 불우하게 살고 나면 그 뒤 끝은 또 다시 어린 시절을 그대로 재현하나? 나는 돌담을 타듯이 하수구 옆으로 난 작은 인도를 따라 전철역으로 가는 길을 걸었다. 사람들이 몰려가는 전철역이 어디쯤이며 화장실은 어딜까? 마음이 조급했다. 환청이 들렸다.

"세혁아~"

나는 뒤돌아봤으나 아무도 없었다.

어서 순오누님한테 가자! 하수구 끝이 아스라해했다. 나는 엎어지며 넘어지면서 소리쳤다.

"순오누님~, 명희야아~"

나는 애를 태우며 겨우 하수구 입구에 닿았다. 하수구 입구를 빠져나오자마자 하늘을 봤다. 더없이 맑은 하늘을 보고 나는 안도의 한숨을 쉬었다.

'휴~'

결국 나는 하얏트호텔에 머물던 호사가가 아니라 추하고 냄새나는 노인으로 발견되었다. 나는 119구급차를 타고 병원에 갔다. 눈을 뜨고 나서 내가 나를 보고 얼굴을 찡그렸다. 코를 막고 재빨리 화장실로 뛰어들자 체격이 늠름한 중년남자가 나를 목욕실로 데리고 갔다. 거울에 비친 나를 보고 나는 눈을 감았다. 샤워를 마치자 남자는 입원 가운을 줬다. 결국 건강검진을 거친 후에 병원에 입원을 했다. 내 휴대폰을 보고 명희에게 전화를 한 모양이다. 내가 입원한 입원실에 명희가 왔다. 먹을 것을 잔뜩 사서 들고 와서는 내게 물었다.

"오빠, 이게 뭔 일이유. 어제 하얏트호텔이라며 나와 긴 통화를 했잖아. 오빠 성격에 호텔에 들었다더니 이런 일이 있으려고 그랬구나. 어제 생각하기에는 이제 남북통일이 되려나 사람이 저렇게 변할 수 있나. 했지."

명희는 걱정스런 얼굴로 나를 내려다 봤다.

"원 세상에! 오빠가 많이 외로웠나 보네."

내 감은 눈에서 눈물이 주루루 흘렀다. 국립의료원이었다. 내 핸드폰은 내 머리맡에 있었다. 나는 휴대폰 액정을 열었다. 정신없는 와중에도 살겠다는 의지는 여전히 강했다. 아, 생각났다. 고교 때 잠시 사귀었던 향숙을 불렀던 일이 생각났다.

그녀가 나를 이리로 안내한 모양이었다. 나는 돈을 벌어서 엄마를 찾아 나서고 내 마음의 주인인 그녀를 찾아 나섰지만 그녀들은 어디에도 없었다. 그녀들은 이미 나와는 상관없는 사람들이었다. 향숙이, 그녀는 내 마음의 주인이 되어 평생 같이 살고 있다. 치매환자가 된 나는 지금 당장은 정부의 보호를 받고 있다. 고마운 일이다. 내 남은 재산 40억짜리 빌딩은 정부에 내놓을 생각이다.

향숙이,
그녀는 내게
떨림이다

내게 있어서 향숙이는 떨림이다.
나를 끌어당기는 힘이 강해서
잠시 호흡이 불규칙하다.
흡!
호!
그녀는 집중이다.

향숙이, 그녀는 내게 떨림이다

　고교시절에는 내 마음 깊숙한 곳에 나만 아는 그리움 하나 갖고 싶었다. 이해할 수 없겠지만 그럴 수밖에 없는 것이 연애랍시고 남녀가 만나면 손도 잡지 않고 코로나19라도 염려하듯이 이삼 미터씩 떨어져 걷는 게 일천구백육십 년대 십대들의 연애였다. 그리 어려운 연애라면 마음속에 담아두고 혼자 하는 연애가 맞다. 이제 막 타오르는 청춘인데 사랑 하나 멋지게 태우지 못하고 서로 모르는 사람처럼 떨어져 걷다니! 짜증나는 젊음이었다. 피 끓는 청춘들은 가면을 벗어도 되는 밤을 이용한 연애만 할 밖에, 어두운 밤에는 별을 낳고도 달을 낳고도 시침을 떼면 그만이었다.

　나는 자장면을 먹으려고 중화루에 갔다. 거기서 자장면을 먹고 있는 향숙이를 만났다. 젓가락에 면을 감아올리는 그녀의 입은 국수로 입이 터질 듯했다. 새엄마는 향숙이 이야기를 자주 했다. 자장면을 너무 좋아해서 딸의 자장면 값 대기가 벅차다고 했다는 향숙이 엄마, 그들 모녀의 소식을 날라 오는 것은 새엄마였다. 앞으로는 내가 향숙이의 자장면 값을 대기로 맘먹었다. 향숙이는 우리 옆집인데다 아침 등굣길에 나와 자주 마주쳤다. 내가 그녀를 보고 웃자 그녀도 자장면 묻은 입으로 살짝 입 꼬리를 올렸다. 나도 자장면 곱빼기를 주문했다. 중국 집 창문으로 쏟아지는 가을 석양빛이 마지막 기염을 토해낸다. 하늘은 드높고 바람은 싸했다. 어디를 가나 사람들이 많았다. 지난 일요일에 남산 팔각정에 올랐더니 향숙이가 있었다. 처음에는 나를 보고 못 본 척 했다. 나도 고개를 돌렸다. 향숙과는 이년 넘도록 그렇게 지냈다.

고교시절 지리 선생님은 서양남자처럼 키 크고 유머가 넘쳤다. 지리시간이면 선생님은 세계 지도 모형을 딴 마스크를 쓰고 교실에 오셨다. 지리 첫날 우리는 와! 하고 웃었다. 선생님은 마스크를 벗어서 교탁 위에 놓으면서 분필로 세계지도를 그렸다. 너희들은 이 나라의 꿈이고 희망이다. 지금은 우리 살림이 어려워서 우물 안 개구리 신세지만 언젠가는 세상이 바뀔 것이다. 지금은 어디를 가나 사람이 많은 세상이지만 앞으로는 사람이 자원인 세상이 올 것이다. 그때가 되면 내 생각을 할 것이다.

고등학교 3학년 가을이었다. 남산의 가을은 한번 쯤 머리 풀어 정신을 내려놓아도 괜찮을 것 같은데 아니었다. 오히려 다른 계절 보다 더 정신을 바짝 차린 긴장한 근위병 같았다. 서울의 가을을 한눈에 넣고 지키는 남산은 가을가을 하면서 여차하면 서울 어디든 지 출동할 기세였다. 남산의 동서쪽에는 한국의 전쟁을 승리로 이끈 장수, 나라의 독립을 위해 목숨 바친 애국자, 교육자, 정치인, 예술가들을 형상화한 동상들이 남산을 지켰다. 나는 그날 북유럽에 관한 공부를 하려고 도서관에 갔다. 처음에는 체코의 주황색 지붕에 대한 정보를 보았다. 그곳은 신성로마제국의 수도로서 남다른 번영을 누린데다가 세계 일이차 대전에도 거의 피해를 보지 않아 관광 국가로 유명하다 했다. 내가 커서 가보고 싶은 나라에 체코를 넣었다. 제자리에다 책을 갖다 놓으려고 마악 돌아서는데 아는 얼굴이 있었다. 향숙이, 나는 짧게 그녀를 불러보았다. 내가 커서 여행을 한다면 내 옆에 동행하는 여자가 향숙이가 아닐까. 나는 그녀를 보고 웃었다. 그녀도 웃었다.

향숙씨, 홍콩반점에서 점심식사 같이 하죠.
10월 10일 토요일 열두 시에 도서관 동편 장의자 1에서 일단 만나서 같이 가요.

- 옆 집 사는 유세혁이가

나는 쪽지를 접어서 그녀에게 건넸다.
토요일 날 나는 향숙과 만날 약속장소에 갔다. 열두시 약속 시간인데 삼십분 약간 비켜서 그녀가 도서관 동편에 나타났다. 그녀가 뾰족하게 입을 만 그대로 앞으로 갔다. 그런 그녀가 이번에는 나를 한 번도 본적이 없는 것처럼 내 앞을 지나서 장의자 2로 갔다. 나는 그녀의 태도가 이상했다. 나는 자리에서 일어나 도서관 정문으로 갔다. 이번에는 나를 앞질러서 그녀가 자장면 집 방향으로 독일병정처럼 걸어갔다. 나도 독일병정처럼 앞만 보고 걸었다. 나는 그녀에게서 바위를 느꼈다. 그녀가 계속 걸으면서 말했다.

"우리 가족은 이년 전에 서울로 이사 왔어."

삼십분 늦어서 미안하다는 말은 끝내 없었다. 내 기분쯤은 관심 없다는 듯이 뜬금없는 소리를 했다. 나도 그녀가 하는 말에 응수했다.

"나는 여덟 살 때, 만주에서 아버지 따라 온 전재민이야."

"어디서 왔다고?"

"만주에서 왔다구."

"고생이 많았겠네."

그녀는 여전히 앞만 보고 말했고 나도 아무렇지 않게 들었다. 그녀의 목소리는 작았다. 나는 우물거리는 그녀가 반벙어리가 아닌가? 생각했다. 그때 그녀의 찬 바위에 얼음 기운이 가시는 것을 느꼈다. 이 정도라면 그녀와 만날 수 있겠다는 생각을 했다. 우리는 서로 모르는 사람들처럼 떨어져 걷다가 홍콩반점에 들어가서는 한 테이블에 앉았다. 나는 문을 바라보는 테이블의 왼쪽 모서리에 앉고 그녀는 나와는 마주보되 대각선 오른쪽 모서리에 앉았다. 내가 뭐? 먹을 거야. 눈짓으로 묻자 그녀는 목숨이 위태로울 때만 말을 하는 여자처럼 작게 '자장면' 했다. 여기 자장면 두 그릇 주세요. 우리는 또 전혀 모르는 사람들처럼 자장면이 나올 때까지 팬터마임을 하듯이 멀뚱히 앉아있었다.

여자를 향한 남자들의 호기심과 불온한 생각은 병적이다. 사춘기에 접어든 내 성격의 어두운 면에는 분명히 이성에 대한 강한 그리움이 깃들어 있을 것이다. 남들 거의 다 있는 누나 혹은 여동생 한 명 없고, 어머니도 안 계신다. 나는 그것만으로도 시대적 결점을 안고 있는 셈이었다. 즉 여자를 잘 모르니 본능과 욕구만 웃자랄 수 있다. 그러면 큰일 아닌가. 너무 이기적이거나 욕심이 아주 많은데 억제되지 못하면 걱정이다. 행동이 보편적이지 않고 편협 되어 있거나 지나치게 감정적이어서 남에게 해를 끼칠 수도 있다는 생각을 하면 가슴이 답답했다. 어떤 면에서는 아주 격정적인 성격이었다. 예술가라면 좋을 부분이다. 화를 불같이 내기도 한다. 나는 향숙이가 이성이기 이전에 사춘기를 겪고 있는 나를 누군가가 옆에 있다가 지적해주고 조절능력을 갖도록 이끌어 주었으면 좋겠다. 이 문제를 향숙이와 의논해 보고 싶다. 물론 시간이 좀 지나야 가능한 일이다.

학교에서 금곡릉으로 소풍을 갔다. 릉 입구에는 금목서 은목서 두 그루가 서 있었다. 고등학교 3학년이라 우리 반 애들 일부는 버스에서 내리자마자 화장실로 갔다. 저희끼리 모여서 돌려가면서 담배 한 모금씩을 입에 물고 아껴 뱉으면서 소변을 봤다. 그 바람에 화장실이 담배연기로 숨을 쉬기 어려웠다. 나는 속에서 욱! 하고 치미는 것을 느꼈다. 그럴 때 누군가 내 손을 잡아줘야 했다. 남들은 그냥 넘어갈 일을 나는 지나치게 반응했다. 몇 학교가 동시에 쏟아진 소풍객들로 금곡릉은 북새통을 이뤘다. 자유롭게 발을 뗄 수도 없었다. 왕들이 잠들어 있는 릉이 훼손당할까봐서도 각 학교들이 조심하면서 잠시 머물렀다 그곳을 떠났다. 우리 학교도 도시락만 까먹고 다음 날 모의고사 준비로 일찍 릉을 나왔다.

나는 도서관에 가서 공부하지 않겠냐는 쪽지를 그녀 방 창문틀에 꽂아두었다. 위험한 짓을 했다. 거기까지 오가는 시간이 많이 걸려서 간다고 해도 공부할 시간이 얼마 남지 않았다. 허나 대신 수확이 있었다. 그 주 토요일에 그게 빌미가 되어서 그녀를 도서관에서 만났다. 향숙이도 시험 걱정을 많이 하는 눈치였다. 학교는 다르지만 교과 진도가 비슷하기에 각자 서로 공부한 것에 대한 정보를 교환할 수 있었다. 전과는 달리 내게 극히 소극적이던 향숙이가 시험에 대해서는 적극적으로 묻고 대답하기를 원했다. 나는 내가 알고 있는 문제는 기꺼이 다 알려주었다. 향숙의 그런 태도가 좋았다. 우리는 문제를 같이 풀고 마주하는 동안 많이 가까워진 느낌이었다. 나는 공부하면서 메모해 놓은 것과 내가 공부를 끝낸 노트는 시험 전날까지 돌려받기로 하고 그녀에게 노트를 빌려주었다.

그녀와 나는 시험이 끝나 느긋해진 마음으로 일찍 도서관을 빠져 나왔다. 맛집이 많은 충무로 중심가로 갔다. 나는 어려서부터 장사를 했으므로 주머니는 두둑했다. 충무 면옥집에 가서 수육과 냉면을 먹고, 다음에는 빵집에 가서 빵과 우유를 먹었다. 향숙은 학생이면서 돈을 잘 쓰는 나를 달리 보는 눈치였다. 비로소 향숙이라는 바위에 찬기가 가셨다.

나는 집에 여형제가 없고 엄마도 계모이다 보니 감성발달이 걱정되었다. 향숙이에게 '우리 사귀자' 했더니 시험점수 좋은 너니까 받아주겠다 했다. 남대문 쪽으로 넘어가는 언덕에 서 있는 건물 시멘트 벌어진 틈새에 시든 풀이 나풀거렸다. 그 옆에 깨진 사기그릇이 수북했다. 집게 차처럼 까만 다리를 세운 벌레가 깨진 사기그릇 사이를 오락가락했다. 나는 집게벌레를 집어서 그녀 코앞에 디밀었다. 놀란 그녀는 내 등을 후려쳤다. 보기보다 그녀는 힘이 셌다. 이번에는 둘이서 나란히 혹은 앞뒤로 서서 서로 모른 척 걸어 다녔다. 어느 덧 땅거미가 내려앉고 있었다. 나는 어둠이 안개처럼 내려앉는 충무로 길을 걷다가 아무도 없는 호젓한 길이 되면 그녀의 눈치를 살피면서 손을 잡고는 했다. 보드랍고 예쁜 그녀의 손은 섹시했다.

"우리 뽀뽀한 번 할까?"

향숙이가 눈을 흘겼다.

"절대 안돼! 우리 엄마가 알면 나 죽어."

영화도 봤다. 영화 제목은 생각나지 않았다. 주인공들이 우리처럼 고교생들이었다. 그들 중 하나가 생일이었다. 야외에서 생일파티를 하다가 잠시 다투기도 하고 섹스에 탐닉하는 애들도 있었다. 세계적으로 사춘기란 비슷한 모양이었다. 미국영화였다. 내용 중 남자가 키스하기 위해서 자기 파트너에게 다가갔다. 여자는 이미 애인이 있다며 거부했다. 그 장면이 떠올라서 뽀뽀를 거부하는 그녀를 잠시 의심했다. 한국은 사회 분위기가 그들처럼 개방되어 있지 않다. 그러므로 향숙은 사회 분위기에 호응하므로 방어적인 것이다. 나도 낭만은 좋아하지만 퇴폐적인 것은 싫다. 솜사탕처럼 어둠이 부드럽게 내려앉았다. 대자연을 거느린 절대자의 명령이 호흡처럼 전해져오는 초저녁이었다. 집에 오면서 북유럽의 사회제도와 사회분위기와 문화를 얘기했다. 우리는 이번 세계사 시험에 등장한 내용을 얘기하면서 걸어왔더니 어느 새 집 근처였다.

요즘 고등학생들의 연애는 퍽 개방적이다. 거리에서도 학생복 입은 그대로 당당하게 키스했다. 음식점에 들어가서도 맛있는 음식을 사서 서로 먹여주고 받아먹었다. 거기다 깔깔거리며 유쾌하기까지 했다. 고등학생 쯤 되면 상 남자가 되어 있었다. 떡 벌어진 어깨하며 올려다봐야 할 정도로 키도 컸다. 지금 청소년들은 그동안 한국인들의 살림살이가 나아졌다는 증거이고, 국력을 재는 바로미터였다.

나는 그녀의 창문 틈에 사랑을 속삭이는 글을 쓰고 그 밑에다 약속장소와 시간을 적어서 꽂아놓았다.

그날 밤이었다. 향숙이가 무섭게 우는 소리가 났다. 놀란 나는 혹시 내가 보낸 쪽지 때문인가 싶어서 가슴이 덜컥 내려앉았다. 신발을 꿰고 그녀 창문 밑으로 조심스레 다가갔다.

"아빠, 난 어떻게 살아야 하는지 알고 있으니 내 걱정은 마세요."

"이년아, 어린 니가 뭘 안다고, 니가 생각하는 것처럼 세상이 그리 녹록치 않으니까 너를 지키겠다고 인천에서 여기까지 온 거 아냐."

"그럼 그쪽이 사람의 심리에 대해서 궁금한 게 많고 내 조언이 필요하다는데 못 들은 척 해?"

"다아 사내들의 수작이고 핑계야. 너 아니라도 조언해줄 사람은 많아. 네가 필요하다는 것은 너를 위하는 게 아냐. 그날 약속장소에 이 애비가 나가지."

"아버지, 그러지 마세요."

그녀는 아버지한테 조리 있게 대처했다. 그녀를 믿어도 될 것 같은 생각이 들었다. 그녀의 부모도 훌륭하다는 결론을 냈다.

사랑은 신뢰다.

그녀도 내게서 신뢰를 읽었다. 집에서 쫓겨나더라도 나에 대한 강한 믿음만 있다면 아버지의 협박정도는 거뜬히 이길 수 있겠다. 그녀의 아버지가 나를, 남자를 만나지 말랐다고 그만 만나자 해도 나는 할 말이 없다. 제 맘인데 만나지 말자고 해서 내가 뭐라 할 바는 아니다. 향숙이의 나에 대한 믿음이 있고 없음을 탓할 수가 없다. 이제 겨우 시작 아닌가?

나는 어스름이 내려앉는 남산으로 운동하러 갔다. 뛰고 걷고 아령을 하고 농구 폼을 잡고 하다가 남산을 내려왔다.

아마도 향숙이가 나를 찾겠다는 저희 아버지를 어떻게 설득하였는지 내 집에 그녀의 아버지가 불쑥 쳐들어오지는 않았다. 시험 끝난 뒤라 수험생들은 여유가 있었다. 좀 쉬고 운동을 하면서 심신을 단련시키는 때였다. 다음날에도 운동하러 남산에 올랐다. 핫둘핫둘, 구령 붙여 뛰기 시작했다. 최현배선생님 동상을 지나 숲으로 들어갔다. 뭔지 몰라도 내 등을 훌쩍 뛰어 넘는 꼬리 긴 동물이 있었다. 놀란 나는 그 자리에 우뚝 서버렸다. 숲속으로 사라지는 놈의 뒷모습이 어둠속에서도 서울운동장 하수구에서 만난 살쾡이였다. 그녀도 살쾡이처럼 어둠속에서도 알아볼 만큼 나를 가슴팍에 새겨놓았겠지. 더 이상 고민하지 말자. 향숙이는 다른 문제없을 테니 나는 나대로 내 길을 가면 된다.

고등학교 삼학년이란? 땅속에서 흙을 뚫고 나와 힘차게 자란 식물들이다. 파랗게 올라오다가 눈을 만났다고 치자. 눈이 덮여있는데 눈 밑에 뭐가 있는 지 누가 알겠어. 식물은 땅기운만 의지할 방법밖에 없다. 향숙이는 내 손을 잡아주는 것만으로도 나는 힘을 얻고 기적을 일으킬 지도 모른다. 수학 한 문제, 단어 하나 더 알려주고, 자장면 한 그릇 더 사는 게 문제가 아니었다. 향숙이가 현명해서 나를 올바르게 이끌어 주면 고마운 일이다. 서로를 인정하고 신뢰하면 저절로 기쁨이 차오르고 에너지가 생길 것이다.

다음날 아침에 향숙을 보기 위해서 대문 곁에서 머뭇거렸다. 새엄마는 그런 나를 보고 어서 학교가지 않고 뭐하냐고 했다. 나는 향숙이를 만나면 서로 중요한 사람이라는 말을 받아줘야겠다는 생각을 했다. 향숙이가 집에서 나오는 기척이 났다. 오분 정도 텀을 두었다가 나도 대문을 나섰다. 역시 우리는 서로 모르는 사이였다. 나는 마침 노인이 지나가기에 노인의 뒤를 따라갔다. 바람이 일자 흙먼지가 부옇게 일어났다. 신당정 빈 땅에도 하나 둘씩 집이 들어섰다. 오늘 아침 내 목표는 향숙을 만나는 것이다. 그녀는 버스정류장으로 향하고 나는 걸었다. 그래도 나는 향숙의 옆에 와 있었다. 마음이 가면 몸도 따라갔다. 뒤에서 보면 우리는 서로 모르는 학생들이었다. 앞만 보고 말하는 우리는 역시 팬터마임 중이었다.

"어젯밤에 아버지한테 야단맞던데 다 나 때문이지?"

"딸을 못 믿는 아버지의 노파심이지 뭐."

남의 말 하듯, 아무렇지 않게 그녀는 한마디 하고는 자기가 탈 버스정류장으로 향했다.

"내일 오후에 도서관에서 만나."

그녀는 고개를 끄덕이지 않았다. 하지만 그녀는 도서관

에 올 것이다. 우리는 그렇게 맹숭맹숭한 채 제 갈 길을 갔다. 내가 다니는 학교는 서울운동장을 지나서 신당동 남쪽에 있었다. 큰길에서 비스듬한 비탈길을 백 미터 쯤 오르면 삼층 붉은 벽돌건물이 내가 다니는 학교였다. 물론 다른 학교에 있는 일대 교장의 항일 투쟁을 기리는 동상은 없었다. 조금 전에 향숙을 만난 것만으로도 안심이었다. 우악스런 아버지라면 딸의 얼굴에 손자국을 남겨놨거나 회초리로 종아리를 맞아서 향숙이가 걷기 힘들어 했을 것이다. 그러지 않아서 다행이었다.

도서관은 토요일이라 만원이었다. 서울 원근에서 찾아드는 도서관 이용객들은 밖에 나와 담배를 피우는 사람, 자리가 없어서 책가방으로 차례를 기다리는 이용자들로 언제나 만원이었다. 내가 먼저 도서관에 도착했다. 자리를 두 개 잡을 수도 없는 게 빈자리는 여기 빈자리냐고 물어오는 바람에 공부를 할 수가 없다. 향숙은 공부가 목적이 아니라 나를 보기위해서 도서관에 온 듯했다. 손에는 작은 백을 들고 왔다. 사복차림이라 색다른데다 그래서 더 반가웠다. 그녀는 문학파트에서 소설책을 골라들고 내게 왔다. 물론 앉을 자리가 없었으므로 여럿이 앉는 큰 책상에 비비고 들어가 앉았다.

창밖으로는 드높은 가을하늘이 시야를 가득 채웠다. 나는 향숙에게 눈이 자주 갔다.

나는 간식거리 땅콩 등 견과류를 교복 주머니에 넣고 왔다.

주머니 속 그것들은 손으로 만져졌다. 고교야구시합, 대학교 축구시합 등, 가을에는 운동시합이 많았다. 그럴 때에는 골라서 나가 돈을 벌었다. 그로 해서 나는 사는 데 자신이 생겼다. 몸도 튼튼하고 마음에도 근육이 생겼다. 새벽마다 조개탄 재를 터는 일도 공짜가 아니었다. 다른 애들은 공부만 한다면 나는 이른 새벽부터 의식주 중 가장 중요한 불과 물을 갈무리하고 학교에 갔다. 공부보다 먼저 생활의 중요한 부분을 담당했으므로 그 일도 나름 부지런해지고 요령이 붙어야 눈치 안 먹고 사람들 사이에 낄 수 있었다. 우선 책임감이 생기고 식구들의 의식주를 담당할 각오가 되어있어야 했다.

공부 역시 정신 차려야 무엇을 배울 수 있었다. 그럭저럭 책가방만 들고 학교를 오간다면 좋은 결과를 기대하지 말아야 한다.

달빛이 환한 가을밤이다. 서로의 체온이 그리운 계절이다. 그녀 손을 잡으면 얼마나 펄쩍 뛸까? 나는 그녀와의 데이트를 떠올리면서 침을 삼켰다. 나는 그녀가 와서 싱글벙글인데 큰 책상에 앉은 향숙은 새침했다. 집에 닿으면 으레 악수를 잊지 않으면 좋겠다. 맞잡은 손에서 따스한 온기가 전해져 각자의 집에 가서도 그 온기로 위로를 받으면 좋은 습관 아닌가. 아니 그 온기 갖고 싶어서 손을 씻지 않을 지도 모른다. 그녀의 손가락은 희고 길다. 그녀의 손가락을 잡고 만지작거리며 함께 걷고 싶다. 그동안 향숙이가 준 많은 것 속에 너의 손을 잡고 싶다는 염원도 들어있다. 그녀는 이야기할 때 손가락을 자주 사용한다. 낙엽이 한세상 덮어버리는 이 가을에 너의 손을 잡고 바닷가 모래사장을 달리고 싶다. 달리다가 나를 향해 하얗게 웃는 너를 안고 빙그르르 돌리는 행복도 맛보았으면 좋겠다. 이 가을. 남산 위의 오솔길을 둘이 걸으면서 인간문제, 세계의 역사, 알베르트 까뮈를 이야기했으면 좋겠다. 손을 힘주어 쥐고 싶다. 상대의 말이 옳다 싶으면 두 손을 깍지 끼어 다소곳이 앞에 놓는 너 같은 여학생이 나는 좋다. 내가 말을 하면 귀 기울여 들어주는 어머니 같은 네가 영원히 내 옆에 있으면 행복하겠다.

사월의 맑은 바람이며 아침 등굣길에 피어있는 나팔꽃 같이 친절하고 사려 깊은 향숙아! 새끼손가락 두 번째 마디처럼 어여쁜 그대가 나는 참 좋다.

집에 오는 길에 향숙이와 나는 전처럼 자장면을 먹고 빵을 사 먹고 우유를 마셨다.

여전히 그녀의 손가락은 희고 길다. 결혼을 해도 나는 그녀가 일을 못하게 할 것이다. 빨래를 하고 청소를 하고 밥을 하는 사이 뱃사람 손처럼 거칠어지면 어떻게 해. 목소리는 격실해지고 남편을 향해서 술 좀 사오지 그랬어. 안주는 개구리 반찬으로 한다 쳐도 그 정도 낭만쯤 있어야 하잖아? 하하 뭐 이러면 난처하지.

나는 앞에서 말한 살쾡이 이야기를 하다가 그만 그녀의 입술로 다가갔다. 깊고 긴 키스를 하고 나는 그녀의 손을 깍지 끼어 높이 들어올렸다. 그리고 우리는 하늘을 향하여 소리쳤다.

나는 이향숙을 사랑합니다!

그녀가 망설였다. 내가 깍지 낀 손에 힘을 주면서 신호를 보내자 향숙이도 소리쳤다.

나는 유세혁을 사랑합니다!

높고 푸른 하늘 아래 까치밥으로 남겨 둔 붉은 감 몇 알이 눈을 끄는 작은 집이 있었다. 우리는 그집 앞에서 두 손 모아 기도했다.

"우리도 감나무에 까치가 날아드는 이런 집에서 살게 해 주세요."

둘이 눈을 뜨고는 까르르 하늘을 향해 웃었다. 그해 그집 주인은 까치에게 홍시를 몽땅 내주고 따지 않았다.

연희동의 봄

'봄은 희망이다.
헌데 견디기 힘든 시절이 계속되고 있다.
과연 내 행복은 오고나 계실까?
혹여 잡신의 훼방이라도?
아닐 거야.
내 제국으로 행복의 꽃수레가 오고 있을 거야!'

연희동의 봄

　오늘은 혼자서 안개 낀 길을 걸어서 출근해야 한다. 습기 머금은 도로는 포장되지 않은 흙길이라 다른 날 보다 먼지가 덜하다. 무엇보다도 발을 뗄 때마다 신발 위로 흙먼지가 뽀얗게 올라오는 게 제일 싫다. 내 바람이라면 내 집에서 신촌까지 단숨에 닿는 전철을 타거나 아니면 신촌까지 곡선으로 이어진 유리관 길을 걷는 것이다. 벽에는 사철 그림전시회를 볼 수 있고 신촌에서는 이런저런 공연이 끊임없이 이어지는 것이다. 딱딱한 아스팔트길을 걷는 것보다 흙길을 걷는 게 발의 피로가 덜하다. 아스팔트 틈새를 비집고 피어나는 꽃도 좋지만 모든 것을 품는 흙은 우선 성질이 부드럽고 온화하다.

　나는 너무 호젓해서 뒤를 돌아본다. 안개 낀 길 저쪽에서 실루엣 하나가 걸어온다. 그와 나만의 길이라면 마음이 쓰인다. 투명하지 않아서 자주 뒤를 돌아보아도 괜찮은 이 아침, 나는 텅 빈 들판에 새로 난 빈 길이 무섭다. 거기다가 그 길을 이름도 모르는 남자와 둘이서 걷는다면 무섭고 두렵다. 나는 걸음을 빨리한다. 사람을 발견하면 인간적인 따듯한 확신으로 마음이 안정되어야 하는데 세상이 그렇지 않다. 호젓한 외길을 젊은 여자 혼자서 걷는다는 것은 위험을 부르는 일이다.

생각해보라. 성과 돈이 모든 범죄의 원인인 것을! 나는 젊고 혼자이다.

시든 꽃을 안은 묘한 느낌을 주는 남자가 내게 다가왔다.

"안녕하십니까? 평소에는 부부가 나란히 다니던데 오늘은 혼자군요."

그 말은 내 귀에 또렷이 들렸으나 뒤돌아보니 그 남자는 전혀 나와는 상관없는 표정으로 어제부터 줄곧 그 자세, 그 모습으로 앞만 보고 걷는다는 느낌을 준다. 나는 그 남자가 내 옆을 지날 때 똑똑히 본다. 내게 불안과 무섬증을 선사한 그 남자는 여전히 얼굴 윤곽이 희미하며 나를 지나 앞으로 계속 간다. 보폭이 일정한 그대로 어제보다 더 오래전부터 그래온 것처럼 보이는 그 남자! 헌데 다행이다. 뒤통수를 맞는 거 보다 그나마 남자가 앞에 가는 게 났다. 남자가 앞에 가자 나는 어서 빨리 학원에 가자고 생각한다. 아침이면 미술학원이 어린 꼬마들의 유치원이 되기도 하는 그곳은 내 꿈의 터전이자 어린 꼬마들에게는 꿈의 동산이기에 나는 정성을 다한다. 나는 애들을 사랑한다.

"어린이를 사랑하는 사람은 천사처럼 아름다운 사람이죠."

아까와 같은 목소리가 아는 체 한다.

"원래 나는 이 들판과 서쪽에 있는 공동묘지를 지키던 신이 었습니다. 헌데 내가 살던 공동묘지가 도시화로 사라지면서 나는 직장을 잃었습니다. 허허, 오늘 또 붉은 피가 어른거리는군."

나는 하이힐을 벗어서 핸드백에 넣고 뒤돌아서서 뛰기 시작한다.

남자와 나 사이에 거리가 생긴다. 헌데 바로 옆에서 하는 것 같은 아까의 목소리가 들린다.

"두려워 마시오. 나는 당신의 안전을 위해서 순찰중이요."

무슨 개 풀 뜯어 먹는 소리를 하는 거야. 꽥 소리를 질러놓고 나는 오던 길과는 반대로 죽으라고 뛴다. 온 몸이 다 땀에 젖는다. 어차피 집에 들러 옷을 갈아입어야 한다. 내가 사는 아파트입구가 보인다.

형규씨한테서 전화가 왔다.

"방송국 피디 못해먹겠구먼. 이곳 일이란 게 해도 해도 끝이 없어. 나 이제부터 당신 미술학원에서 애들 신발 정리나 하고 살 까 하는데 당신은 어떻게 생각해?"

"먼 옛날에도 창조주와 피조물은 서로 맘이 맞지 않았어. 어떤 일이 당신 맘에 들겠어? 당신이 부리는 사람이 되어 보면 알거야. 누구 맘대로 우리 미술학원에서 신발 정리를 해. 정 그렇다면 다른 학원 신발 정리 일 알아보시지. 직장에 대한 불평 안하기로 해놓고는 또 시작이야."

"내가 아무리 젊어도 그렇지, 허구 헌 날 야근을 하니 몸이 견디겠어? 당신이라면 견디겠어?"

그는 직장에 대한 불만을 달고 사는 남자였다. 며칠 전에도 그는 아침 일찍 집에 와서 옷을 갈아입은 뒤, 다시 그가 타고 온 차로 나를 미술학원 입구까지 태워다 주면서 투덜댔다.

"제기랄, 옷만 갈아입고 되짚어서 방송국에 가야 하다니! 나 당신 미술학원에서 일하면 안 돼?"

"당신 방송국 관두면 나도 미술학원 문 닫을 거야. 둘 다 일하지 말고 놀기만 하자."

실제로 그가 푸념하는 대로 할 것 같으면 미술학원도 관 둘 생각이었다. 그가 때때로 나를 괴롭히는 바람에 나도 힘이 빠진 상태였다. 하지만 그의 이야기가 전부 거짓말이라는 것을 나는 알고 있다. 그는 방송국 일을 누구보다도 좋아한다.

출퇴근 문제로 나처럼 빈 거리를 걷다가 혹시 무슨 봉변이라도 당할까봐서 아파트를 헐값으로 팔고 번화가로 이사하는 사람들이 점점 늘었다. 우리 부부가 가로등도 준비되지 않은 이곳으로 들어온 것은 사십까지는 집을 마련하고 사십 중반부터는 외국여행도 하면서 살자고 손가락을 건 지 두 해째이다. 약속을 지키기 위해서도 그렇지만 우선 우리 경제 사정과 맞는 곳, 즉 아파트 분양가가 싼 이곳으로 들어온 것이다. 지금은 불편하더라도 참고 살다보면 이곳에 전철역이 들어올 것이다. 산을 절개하여 만든 개발지 오른 쪽에는 새 아파트 단지였다. 아직도 숲으로 남아있는 반대편 산은 마주한 동네 사람들의 공원이 될 터이다.

그는 연속극 '다산하는 여자' 담당 피디였다. 그 드라마의 내용은 한 여자가 결혼하여 네 아이를 낳고 기르면서 벌어지는 이야기였다. 거기에는 반드시 '특별한 애정관리'라는 짧은 삽화가 들어가야 했다. 16회부터는 여름 새벽 숲속에서 부부가 자연을 느끼는 차이에 대한 이야기가 나온다.

형규씨는 '실업자가 된 신'을 만나보고 싶다고 했다. 어느 날, 우리 부부는 아침 일찍 신도로에 섰다. 그는 새로 산 하얀 와이셔츠를 입고 그 위에 그레이 수트를 입고는 백합 한 다발을 사서 들었다. 나는 줄무늬주름치마를 입고 흰 부츠를 신은 뒤에 형규씨가 영국출장길에 선물로 사온 크리스찬 디올 숄더백을 멨다.

"당신 오늘 너무 근사하다. 옷이 날개라더니 그 말이 맞네. 노가다 옷 벗으니까 이렇게 멋진 데 내가 너무 무심했어."

"당신도 마찬가지야. 아가씨 같아서 데이트 신청하고 싶다. 오늘 밤, 일 끝나고 데이트 어때? 아이들은 순이 엄마한테 하루 쯤 맡기고 말이야."

오늘 따라 하늘은 맑고 바람은 서늘했다. 둘이서 도란거리며 연출한 결과는 꽝이었다. 실업자 신은 나타나지 않았다. 우리가 의도된 행위라는 것을 알아챘을까? 물론 백합은 신을 위해서 잘 보이는 곳에 놓아두었다.

'다산하는 여자'는 오십이 개의 짧은 필름들로 만들어졌다. 이 연속극의 시작은 피아니스트인 한 여자가 결혼하면서 시

작된다. 여자는 임신을 하고 산후 우울증을 앓는다. 여자는
산후 우울증에 많이 시달렸다. 시청자들은 그런 여자를 안타
까워했다. 때로는 여자가 자기 앞에 놓인 현실을 혼자서 감당
해야 했다. 그들은 주말부부였다. 그 속에서도 여자의 모성애
는 강하고 대단했다.

산후 우울증은 호르몬 변화로 생겼다. 하지만 아가의 방실
거리는 모습, 엄마가 들어 올린 아가는 공중에서도 헤엄치듯
날아오르는 모습을 보고 까르르 웃었다. 그녀의 우울증이 다
났기도 전에 두 번 째 임신을 했다. 이번에는 피아노 건반을
망치로 두들겨 패더니 부서진 건반 하나를 쑥 잡아 빼서 우적
우적 씹었다. 그녀의 입에서는 피가 나고 이가 깨지는 소동이
벌어졌다. 시청자들은 여기저기서 아아, 하고 비명을 질렀다.
그 집에서 살림을 해주던 아줌마가 119에 신고를 했다. 아파
서 쩔쩔매는 여자를 구급차에 싣고 병원으로 향하는 당황한
남편의 모습이 오래도록 오버랩 됐다.

"평생 피아노나 치면서 우아하고 싱그럽게 살 줄 알았어.
헌데 결혼과 동시에 아기엄마가 되고 한 남자의 아내가 되어
버렸잖아. 한 여자가 그 많은 책임을 한꺼번에 져야 하다니!
한 생명을 낳아 책임지고 키워내는 일은 부부가 반드시 함께
해야 해. 이게 뭐야. 나 혼자 그 많은 책임을 감당하라니."

여자는 피아노의 남은 건반을 눈알처럼 빼면서 투덜거렸
다. 그녀는 소파에서 일어나 거실 창틀에 몸을 의지하고 물끄

러미 티브이 화면을 봤다. 한 남자가 피아노 앞에 앉아서 피아노를 치는 중이었다. 손목은 거의 움직이지 않는데 손가락만 건반 위에서 춤을 췄다.

'다산하는 여자' 담당 피디인 그는 여름날의 새벽 숲에 가보자고 졸랐다. 16회 째의 짧은 삽화를 위해서 협조해 달란다. 나는 고개를 끄덕였다. 몽타주기법으로 들어가지만 그의 또다른 속셈이 나를 조르는 것이다. 나는 아이들을 어르고 달래서 일찍 밥을 먹이고 재운 뒤, 새벽을 기다리는 사이에 우리도 잠깐 잤다. 새벽 촬영을 위해서 어제 방송국 드라마촬영팀의 지프차와 카메라를 빌려왔다. 우리는 새벽에 숲에 갔다. 그는 숲 가장자리에 피어난 난초꽃을 촬영했다.

여름날의 난초꽃.

자연계의 꽃뱀이라는 난초꽃은 꽃이 꿀벌 성비도 결정한다. 꿀벌의 암컷 흉내를 내는 난초는 꿀벌의 성비(性比)에도 영향을 미칠 수 있다. 난초가 말벌 수컷의 정자를 소비하게 함으로써 나중에 자신을 찾을 수컷 개체수를 더 늘린다는 연구결과가 있었다.

암컷 말벌은 개미나 꿀벌과 마찬가지로 짝짓기 없이도 알을 낳는다. 이른바 단성생식(單性生殖)이다. 암수가 짝짓기를 하면 암컷을 낳지만, 단성생식을 하면 수컷을 낳는다. 수컷이 꽃잎에 홀려 정자를 낭비하면 암컷과 짝짓기를 할 확률이 낮아진다. 그만큼 단성생식이 많아지고 수컷의 수가 증가한다는 것.

난초의 교묘함은 여기서 그치지 않는다. 난초는 꿀벌 암컷이 분비하는 페로몬도 모방해 수컷을 유혹한다. 그런데 난초가 분비하는 꿀벌 페로몬은 실제 꿀벌 암컷이 내는 것과 화학 구성에서 약간의 차이가 있다. 역시 수컷을 더 잘 유혹하기 위한 방법이라 했다.

연구진에 따르면 이 꿀벌은 고립된 지역에 살고 있어 동종교배의 가능성이 높다. 때문에 수컷으로선 가능하면 다른 지역의 암컷을 찾게 된다. 난초는 익숙하지 않은 암컷의 냄새를 풍김으로써 수컷의 이국(異國) 취향을 만족시키는 것이다. 연구진은 실험을 통해서도 같은 결과를 확인했다.

– 벨기에 브뤼셀 자유대의 니콜라스 베레켄(Vereecken) 박사는 27일 '미국립과학원회보(PNAS)' 인터넷 판에 발표한 논문에서

나는 시든 꽃다발을 안고 앞만 바라보던 실업자 신의 이미지가 자꾸 떠올라서 나를 괴롭혔다. 차문을 잠근 뒤에 차 안에서 사랑을 하자고 했다.

"아! 공기 좋다. 숲과 동네가 길 하나 사인데 공기가 이렇게 다를 수 있어? 사람의 DNA에는 자연에 대한 애착과 회귀본능이 들어 있어. 당신도 귀찮아서 안 오려고 했잖아. 하지만

이곳에 오기를 잘 했다는 생각이 들지."

그가 필요이상으로 흥분한 듯 했다. 나는 휴일에는 일주일 동안 쌓인 피로를 풀기 위해서 잠을 자둬야 했다. 산속으로 조금 더 깊이 들어가자 풀벌레소리, 계곡물소리, 바람소리가 났다. 산에 오르면 몸의 기동성과 유연성이 좋아지고 근육이 단단해진다는 것을 뻔히 알면서도 산에 오는 게 쉽지 않다.

"숲은 뇌를 자극하는 물질도 나와. 숲과 친하면 보다 창의적이고 문제를 해결하는 능력이 탁월하다 이거야. 그래서 말인데 일주일에 한번은 새벽 숲에 오자구. 우리가 언뜻 보면 자연친화적인 생활을 하는 듯이 보이지만 아니야. 한국의 수험생들은 새벽부터 밤 열시까지 공부하잖아. 지구상에 어디에도 없는 대입제도로 장래 한국 사람들의 건강을 망가트려. 수험생들이 어른이 되면 각종 질병에 걸릴 위험이 크다 이거야. 지금처럼 개인보다 집단을 중요시하면 창의력보다 조직에 강한 나라가 될 거 같아서 한국의 장래가 걱정 돼. 출산문제를 제도적으로 관리하고 경제가 발전하면 그런 문제는 자연히 해결이 될 거야."

"자연의 이치는 오묘해서 자연적으로 맞춰지게 되어있어."

우리는 한 집에 살면서도 서로 다른 가치관을 가졌다. 나무 냄새가 서서히 나를 감싸는 것을 느끼면서 기분이 좋아졌다. 내 팔을 그의 팔에 꼈다.

"저기 저 물체는 뭐지?"

"무섭게 왜 그래? 뭐가 있다는 거야? 숲이니까 나무겠지."

그가 너른 공터에다가 돗자리를 깔았다. 이인용 돗자리에서 묵은 풀 냄새가 났다. 그가 내 옆으로 오더니 공기 좋다 어쩌고 하면서 내게 진한 키스를 퍼 부었다.

"호젓한 숲속은 사람을 에로틱하게 만든단 말이야. 이 씬도 넣어야겠어."

내게 뻥 뚫린 노천에서의 애정행동은 두려움이었다.

"이건 아닌데, 차로 갑시다."

"기왕이면 대자연속에서의 생활을 담아야 되기 때문이야. 조금만 참아."

"이이는 날이 밝았어. 빨리 여기 온 목적이나 챙겨."

그가 갑자기 돌변했다.

"섹스도 내 목적 중 하나야."

때마침 교회의 새벽 종소리가 울렸다. 나는 예수를 믿지 않아도 교회종소리에는 약했다. 교회종소리는 사람의 마음을 경건케 하고 옷깃을 여미게 했다. 숲에서 하는 섹스의 맛이 어떨까. 그가 내 엉덩이를 만지면서 다가왔다. 나는 조금 싫어도 어지간한 일에는 그의 뜻에 응하는 편이었다.

"숲이라 춥네."

그가 나를 꼬옥 안았다. 아직 떠나지 못한 매미가 울었다. 우리는 숲속의 특별한 기운에 빠졌다. 우리 부부의 타성에 젖었던 섹스가 장소가 주는 긴장감으로 싱싱하게 살아났다. 거기다가 정신까지도 명징해졌다.

"나는 시원하고 좋은데, 내일 새벽에도 올까?"

나는 대답 대신 그의 뒤로 돌아가서 양손으로 감은 그대로 등을 꽉 죄고 놓지 않았다. 갑자기 당한 그가 헉! 하더니 숨을 토했다. 이번에는 얏! 기합과 함께 태권도에서 본 돌려차기를 했더니 그가 내 발을 잽싸게 피했다. 오랜만에 맛본 재미였다. 나는 주위를 두리번거렸다. 새벽의 숲속은 호젓해서 불안했다. 저만치에서 누군가 우리를 노려보는 듯 했다. 아니 얼마 전에 만났던 신이라는 남자, 즉 이곳을 떠도는 영혼인가? 암튼 우리는 위험에 노출되어 있었다.

"아무도 없는 데 왜 그래? 과잉반응 좀 그만 해라."

"그럼 내가 헛것을 본 거고 위험 대신 드라마 인기순위나 걱정하라는 거야?"

"우리 지금 기분 좋잖아. 우리는 부부고, 그 부부가 함께 한 행복인데 뭐가 그리 불안해? 거기다가 태권도가 사단인 당신 남편, 조형규가 떡 버티고 있는데 무슨 걱정이야? 안심해도 돼. 우리 하니!"

우리 부부는 어린 시절부터 주욱 같이한 친구였다. 우리 집에서 십분 정도 걸으면 솔밭이 나오고, 솔밭 사이에 길이 나 있었다. 솔밭과 이어진 보리밭이 학교가 있는 읍내 전까지 이어졌다. 그와는 햇살 밝은 신작로를 오가면서 어린 시절을 보낸 사이였다. 한번은 암소 뱃속 탯 송아지가 너 무엇인 줄 아니? 그 문제로 우김질을 하다가 먼발치에서 사람이 걸어오는 것을 뒤늦게 발견했다. 우리는 보리밭 안으로 뛰어 들어갔다. 거기서도 우리의 우김질은 계속됐다.

나는 송아지다. 아니야. 우리 집 소가 새끼 뱄을 때 우리아버지가 송치라고 했어. 아니야, 송아지야 하고 둘이는 서로 지지 않았다. 그때 우리가 다투는 소리가 보리밭을 넘어 큰길까지 들린 모양이었다.

"이놈들, 학교는 안 가고 시방 뭐하냐?"

정말 눈썹 없는 남자가 키 큰 보리밭 안으로 얼굴을 쓰윽 내밀면서 호통을 쳤다. 우리는 혼비백산해서 다리야 나 살려라 하고 뛰었다. 보리 거스러미가 맨살에 들러붙어서 사람을 진저리나게 했다. 새벽에 숲속에서 섹스를 한다는 것은 위험천만한 일이다. 그 생각을 하면 진저리가 쳐졌다. 암튼 내 기분과는 다른 드라마 인기순위를 위해서 우리는 들고 나온 담요 속에 들어갔다.

"이렇게 아름다운 공간에서는 위스키라도 한 잔 마시고 사랑을 하는 건 데 말이야."

"이미 늦은 일, 후회해도 소용없어."

갑자기 천둥번개가 쳤다. 우루루 쾅! 천둥소리는 짧고 강렬했다. 번개 속에 드러난 숲은 아무 일도 없었다는 듯이 조용했다. 다만 번개가 번쩍거릴 적마다 숲의 윤곽이 더욱 뚜렷했다.

우리는 숲을 내려왔다. 숲 끝에는 보라색 난초꽃이 빼곡히 피어서 이슬을 머금고 있었다.

마을로 들어서자 아직 동네는 단잠에서 깨어나기 전이었다. 단지 동네 입구에 있는 교회에서 새벽기도를 마치고 나오는 신자들이 하나 둘 눈에 띄었다.

그가 미국 출장을 간단다.

그는 구월 들어서 방송 프로개편으로 더욱더 바빠졌다. 방송국에서 자고 못 오는 날이 더 많아졌다. 나는 아침이면 정신없이 바빴다. 아이들을 깨워서 밥을 먹인 후에 아파트 단지에 있는 유치원에 데려다 주고 정신을 가다듬을 새도 없이 또 차 없는 먼 길을 걸어 나가 버스나 전철에 오르면 옷이 땀에 젖어서 후줄근했다. 아직 더위가 남아서 낮에는 땡볕인데다 매미는 마지막 남은 생을 위해서 새벽부터 무섭게 울었다. 창문 세시가 맞지 않아서 틈이 보였다. 거기로 약이 오른 여름 끝 모기가 날아들었다. 큰아이는 어제 밤에도 얼굴을 두 군데, 손등을 두 군데 물렸다. 나도 오른쪽 눈가에 모기가 문 자국이 있었다. 그 자리를 화장으로 감춰도 붉은 자국이 보였다. 우선 건물만 완성해서 입주부터 시작한 아파트단지라 여기저기에 붉은 흙더미가 보이고 미처 치우지 못한 쓰다만 철근 더미가 그대로 방치되어 있어서 매우 위험해보이고 을씨년스러운 아파트 주변이었다.

매일 아침 아홉시가 넘으면 마무리가 덜된 아파트 공사장으로 인부 두셋이 출근했다. 그들은 어제 나온 폐기물을 아파트 동쪽 구석에서 태웠다. 독이 묻은 폐기물에서는 가연물질이 뱀의 혓바닥처럼 푸르디푸른 맹독성 불꽃을 만들며 타올랐다. 유치원이나 학교에 가지 않은 아이들은 불꽃을 향하여 모여들었다. 뱀의 혓바닥 같이 푸른 불꽃이 내뿜는 독가스는 인부들과 아이들이 직접적으로 들이마셨다. 출근길에 보는 그런 장면은 사람을 불안하게 했다. 나는 창문을 굳게 닫고 출근하면서 그런 장면을 볼 때마다 구청에다 민원을 신청해야지 했다. 반면에 우리애가 안전한 곳, 유치원에 있다는 사실에 안도했다. 개발 붐이 일고 있는 전국의 개발 지역에서 심심찮게 안전사고가 일어났다. 그제 경기도에서도 아파트 건설현장에서 아이들이 둘이나 다쳤다. 폐기물을 태우는 곳에서 미쳐 다 타지 않은 폐기물 소각장을 수습하지 않고 그만 인부가 그 자리를 떠난 상태였다. 다 꺼지지 않은 불 막대기를 들고 아이들은 근처의 건설현장 자재 더미에다 장난을 쳤다. 갑자기 불은 맹렬하게 타올랐고 미처 피하지 못한 아이들이 중태에 빠졌다.

우리 집 세시도 안전하지 않다. 문을 열 때마다 위태롭게 삑삑삑 소리쳤다. 나는 그 날카로운 소리에 온 몸에 소름이 돋았다. 당장 급한 세시 수선은 휴일에나 가능했다. 어제는 아파트 아래 단독주택에서 불이 났다. 안주인이 모기향을 켜놓고 잠깐 비누 사러 간 사이에 공교롭게도 피어놓은 모기향 위로 벽에 걸린 옷이 떨어지면서 불이 났다. 또한 수시로 정부에서 골목골목마다 뿌리는 연막탄 말고도 개인집에서 바퀴벌레 잡으려고 피워놓는 연막탄 역시 위험하기는 독가스 못지않았다. 한 여자가 바퀴벌레 잡으려고 연막탄을 피워놓고 외출을 했다. 조금 있다가 소방차 올라오는 소리에 놀라서 고개를 내밀고 밖을 보던 여자가 자지러지게 놀랐다. 자신의 집에 불이 났다. 자신의 집 거실 창문을 통하여 검은 연기가 치솟는 중이었다. 불 난 집 주위에 사는 임산부 백 여인은 그 모습에 놀랐다. 눈앞이 깜깜하고 목이 아프고 배가 아팠다. 임산부 백 여인은 산부인과에 갔더니 종합병원 응급실로 가고 했다. 뱃속의 태아가 지장이 있으면 어떻게 하지? 그녀는 뛰는 가슴을 쓸면서 택시를 잡아타고 종합병원 응급실로 갔다. 피검사, 소변검사, 초음파까지 했다. 집에 가서서 안정만 취하시면 되겠습니다. 지극히 정상입니다. 해서 병원을 나오는 그녀의 손은 하늘로 향해 있었다. 하나님 감사합니다! 백 여인은 이번에 우리 몸은 삼분만 산소가 공급되지 않아도 살 수 없다는 것을 알게 됐다.

미국에 출장 간 형규씨한테서 사진파일을 첨부한 e메일이 왔다. 미국은 세계적인 도시답게 각종 인종들이 모여 사는 곳이다. 수시로 앰뷸런스 소리가 나고 그곳에 갈 때마다 뉴욕은 늘 도로를 때우고 무너져가는 빌딩을 새로 보수했다. 재작년에 형규씨가 뉴욕에 왔을 때도 그랬다. 올해에도 '공사 중 위험'이라는 표지판이 곳곳에 서 있었다. 우리가 사는 것도 그처럼 늘 고쳐가면서 살아야 한다. 병이 나면 병원에 가서 아픈 곳을 고쳐야 하고, 인간관계에서 관계가 틀어진 것을 고쳐야 하고 살다가 고장 난 집을 고쳐야 한다. 형규씨는 이번에 맡은 드라마 '다산하는 여자'에서 한국의 대 기업 임원이던 여자의 남편이 뉴욕으로 발령이 나는 바람에 그는 극중 여자의 남편을 취재하기 위해서 드라마작가와 출국했다. 형규씨는 뉴욕에 간 김에 자신이 가고 싶어 했던 대학도 돌아보고 자신이 좋아하는 레슬러 핑도 만나보리라 맘먹었다. 맨해튼의 심장부에 위치한 중앙공원인 센트럴 파크는 미국 최초의 인공공원이며 코즈모폴리턴 속에 만들어진 최고의 숲이다. 도심 속에 사는 뉴요커들에게는 오아시스와 같은 곳으로, 뉴욕의 영원한 정원으로 뉴요커들의 삶에 깊숙이 자리 잡고 있다.

뉴욕 사람들이 여가생활을 하고, 휴식을 취하고, 운동을 하고, 데이트를 즐기는 곳이며 그곳은 뉴요커들의 삶 그 자체인 곳이다. 하지만 형규씨에게는 단 시간에 다 돌아볼 수 없는 곳이었다. 일단 존 레논 스토리베리빌즈에 가 봤다. 형규씨는 그곳에서 찍은 사진을 보내왔다. 특별히 오노 요크가 존 레논을 위해서 마련한 애틋한 추모의 정이 담긴 공간이었다. 그곳은 온통 장미꽃으로 뒤덮여 있었다. 존 레논의 사진 또한 이

년 전 것은 아니었다. 그는 사십 세를 일기로 생을 마감했다. 형규씨는 불꽃처럼 살다간 존 레논과 그의 음악을 사랑했다. 이메진 데얼스 노 해븐 천국이 없다 라고 상상해 봐요. 인류가 전쟁이나 나라간 국경도 없이 하나 되는 세상을 노래해 봐요. 탐욕과 빈곤이 없는 세상을 노래하던 그였다. 노래가 꿈만 꾼다고 하겠지만 언젠가는 당신도 함께 할 것이다. 하기야 형규씨는 사십 살이 넘어가면 감수성과 열정이 사라지기 때문에 남은 삶은 덤으로 산다고 했다.

뉴욕은 다양한 문화를 느낄 수 있는 곳이다. 지저분하지만 세계의 예술가들이 모여드는 곳이다. 영국인 존 레논이 사랑했던 뉴욕시티, 미국에서도 사랑받았던 비틀즈, 존 레논은 오노 요코를 사랑했다. 그런 오노 요코가 존 레논을 추모하기 위해서 뉴욕 센트럴파크에다가 스토리베리빌즈를 만들었다. 존은 사실 결혼한 남자였다. 가정이 있는 남자였지만 그 둘은 무섭게 사랑했다. 존 레논은 오노 요코의 예술적인 감각에 취했다. 그녀가 아니면 자신도 발전할 수 없다는 생각에 당시의 부인과 이혼하고 오노 요코와 결혼했다. 그들 사이에 아들 하나가 태어났다.

음악이란 소리에다 사람의 사상과 감정을 담아낸 예술이다.

나는 오늘도 호젓한 길을 걸어서 출근했다. 실업자 신은 취직이 됐나 보이지 않았다. 아마도 그가 사랑한 여자의 묘지가 딴 곳으로 이장하는 바람에 이곳을 떠난 모양이다.

형규씨는 둘째 날에 타임스 스퀘어에 갔다. 사십이 번 스트리트(42nd Street)와 7번가(7th Avenue) 그리고 브로드웨이가 만나는 삼각지대를 일컬어 타임스 스퀘어라고 했다. 높은 빌딩과 화려한 네온사인, 그리고 살아 움직일 것 같은 고해상도의 모션 광고들이 가득한 그곳은 뉴욕에서 관광객들의 카메라 스포트라이트를 가장 많이 받는 곳이다. 지금은 대표적인 관광 명소이지만 타임스 스퀘어는 한때 범죄와 마약, 부도덕함의 중심에 있었다. 하지만 전 뉴욕 시장인 '루돌프 길리아니'의 범죄와의 투쟁으로 인해 지금의 안전한 지역으로 변할 수 있었다.

과거의 뉴요커들은 그런 범죄를 피하기 위해 타임스 스퀘어를 피해 다녔다면, 지금의 뉴요커들은 길을 막고 서서 카메라 셔터를 눌러 대는 수많은 관광객들과 혼잡한 교통 상황 때문에 피해 다닌다고 하니, 여전히 악명 높은 곳이었다. 그럼에도 불구하고 이곳은 세계적인 브로드웨이 쇼와 화려한 네온사인이 어우러진 타임스 스퀘어였다.

호젓한 신도로공사장에서 만난 실업자 신이라는 남자를 떠올렸다. 시든 꽃을 들고 아직 이승을 떠나지 못한 남자는 섹스를 다하지 못해서 이승을 떠나지 못하는 것 아닐까? 꽃은 식물학적으로는 나비의 생식기관이지만 사람들에게 꽃에 대한 심미적 대상으로는 색깔, 모양, 향기일 것이다. 실업자 신도 다하지 못한 생식기관이 늘 허전해서 이 땅을 떠나지 못하는 것은 아닐까. 나는 그를 의심해 봤다.

형규씨가 미국 출장길에 오르기 전, 우리 둘은 새벽에 도둑고양이처럼 아파트를 빠져 나와서 숲으로 갔다. 새벽 숲에서 그와의 열띤 섹스를 했다. 그러는 동안 실업자 신을 떠올렸다. 혹여 우리 사이에 끼어들어 훼방을 놓는 건 아닐까? 신을 의심했다. 나는 미국 출장가방을 싸는 그에게 이참에 서양 여자와 섹스 어때? 하고 남자 동료처럼 자못 너그러운 표정을 지었다. 그가 떠나고 나서 나는 서양 여자에게도 부드럽게 혀를 감아가며 열띤 섹스를 하고 있을 그를 상상했다. 나는 그가 도덕적이지 않다는 것을 안다. 그럴 바에는 내가 먼저 그에게 선수를 쳐야 더 이상 내가 상처받지 않을 것이다. 사람은 참 이기적인 동물이다. 해당화 핀 바닷가로 푸른 파도가 미친 듯이 몰려오듯, 미친 쾌락이 그와 서양 여자의 몸을 태우는 밤이 있을 것이라는 것을 안다. 또다시 신도로에서 만난 실업자 신을 떠올렸다. 형규씨는 말했다. 뉴욕은 어느 도시보다 예술가들이 많은 도시이기도 하다. 뉴욕의 열띤 새벽을 떠올리면서 형규씨의 말이 떠올랐다. 서양 여자들이라고 다 이쁜 것은 아니다. 다 키가 크고 블론드도 아니다. 하지만 인종이 다른데다가 선진국 여자들과의 섹스는 어땠는지 그에게 묻고 싶다.

그는 방송국 피디였다. 그는 서양 여자와 섹스를 하면서도 머릿속에 가지런하게, 기억하기 좋게 메모를 했을 지도 모른다. 어떤 말을 했고, 아내 아닌 코 큰 여자를 안을 때의 감정은 어땠는지, 흥분은 몇 분 만에 이뤄졌는지, ㅎㅎ, 그가 미국 출장에서 돌아오면 맨 먼저 물어볼 것이다. 남아선호사상이 팽배한 한국의 특이한 사회 환경에서 자란 한국 남자의 가치관이 미국에서는 어떻게 변하고 다르던가? 이번에 그가 미국에 가서 벌거벗은 몸으로 그들에게 자신을 투영해보는 것도 좋은 기회가 아닌가? 또한 남녀평등사상 사회에서 자란 미국 여자의 자율성이 당신 앞에서 어떻게 반응하던가? 반대로 봉변을 당했다면 더 큰 수확이 있지 않았을까? 호호, 뉴욕에서의 '원나잇 스탠드'는 없었을까? 호기심 많은 그가 겪었을 많은 이야기 거리들에 대한 기대가 컸다.

전에 실업자 신이 나타났던 길은 엊그제부터 포장공사를 시작했다. 그래서 반대방향으로 걸어 나가 버스를 타고 미술학원에 도착해야 했다. 어리둥절해진 나는 반대 길을 걸었다. 역시 아스팔트가 되어있는 길이라 바닥이 딱딱했다. 자꾸 발목이 겹질리지 않도록 조심하면서 길을 걸었다. 남편도 없이 아이와 씨름을 해야 하고 혼자서 미술학원까지 그 먼 길을 돌아서 가야하는 아침이면 정신이 없었다. 내 생활의 온갖 리듬이 반 쯤 깨지고 내 몸의 리듬도 깨져서 지치고 고달팠다. 반대편 길은 내가 다니던 길 보다 더 가파르고 힘들었다. 그 길은 다섯 기의 묘가 어디론가 사라졌다. 어쩌면 신이라고 하던 사내도 다섯 기의 묘를 따라가지 않았을까. 하이힐에 올라앉는 흙먼지로 구두는 분칠한 듯이 부었고, 뾰족한 하이힐 굽은 발을 뗄 때마다 굽이 흙에 반쯤 박히는 바람에 내가 사는 곳이 미개발지역이라는 것을 광고하고 있었다.

아침이면 밤새 어둠과 숲이 낳은 안개가 자욱했다. 저만치서 여자 둘이 걸어온다. 차 한 대가 지나갔다. 아마도 지나가는 차를 타고 오다가 운전자와 가는 길이 다른 그녀들을 길에 내려놓고 쌩 달아나는지도 몰랐다. 아니면 차안에서 다투거나 해서 서로 가는 길을 달리 했는지도 모른다. 혼자 걷는 길은 외롭고 불안했다. 그 길을 다 가도록 신이라는 사내가 나타날까봐서 늘 전전긍긍 했다. 안개 낀 길 위에 남자 둘이서 걸어왔다. 그들은 안개에 잠겼다가 나왔다가 했다. 까마귀가 낮게 날았다. 이곳이 본래 공동묘지여서일까? 아침부터 까마귀가 다 뭐야? 암튼 어둔 이곳에 머잖아서 전철이 달리고 말끔하게 아스팔트도 다 포장이 되고, 군데군데 버스정류장이 생기면 이런 짜증과 부정적인 상념들은 추억으로 남을 것이다. 시중에 떠도는 박종철 사건은 경찰의 고문조작이라 했다. 다시 정국이 안개에 싸였다. 한쪽에서는 진상을 규명하라. 아니다. 그것은 잘못된 가짜 뉴스다. 피 끓는 대학생이 민주주의의 희생양이 되었다. 그런 뒤에도 진실이 밝혀지지 않아서 우울했다.

전철역이 유치된다면 얼마나 좋을까. 또 다른 사건이 터졌다. 그날 최루탄에 맞아 숨진 이한열 연세대 학생이 병원에서 결국 숨진 날이었다. 이 길은 연세대학교와 멀지 않은 거리에 있다. 알고 보면 한적한 이 길은 서울 안에 있으면서도 사람의 왕래가 드문 곳이었다. 즉 이 길은 걸으면서 자신의 내면의 소리뿐 아니라 하늘의 소리를 들을 수 있는 유일한 길인지도 모른다. 연세대에서 민주화에 대한 열망으로 이십대의 학생들이 죽어나가는 것은 지금 정부의 권력에 대한 탐욕 때문이다. 이한열 학생이 세상을 뜬 뒤에 깨달은 바 있는 대통령은 대통령 직선제를 선포했다. 슬픔이 깔려있는 이 길을 대통령이 걸었다는 설이 있다. 거기다가 한마디 덧 붙였다. 걸어라. 이 길을 걸으면 신의 소리를 들을 것이다.

이제부터 대통령은 국민이 직접 뽑아라.

'다산하는 여자' 연속극을 봐야했다. 그가 미국에서 돌아오면 내가 보고 느낀 드라마를 말해 주어야 했다. 물론 방송국에 가면 다 해결되지만 방송국에 가기 전, 그가 가장 궁금해할 것을 미리 준비해야 했다. 그렇지 않으면 그가 삐져서 침묵하는 시간이 길어지고 긴 시간 그가 겪은 미국에 대한 이야기를 들을 수 없다. 그는 자신이 하는 말에 공감해주는 사람

을 원하면서도 내게 긴 시간 마음을 접고 마는 고약한 구석이
있는 사람이다.

'다산하는 여자'는 아들 하나에 딸이 셋이다. 자식이 넷이
나 되면 아롱이다롱이가 있기 마련이다. 십오 회에서는 큰 딸
해숙이가 이 년 동안 사귄 애인이야기가 나온다. 막내아들 윤
식이는 열일곱 살, 학원에서 만난 여자 친구와 다투다가 그
만 여자 친구로부터 이별통보를 받게 된다. 윤식은 심한 충격
을 받게 된다. 고등학교 일학년인 윤식이는 아침에 학교에 가
지만 여자 친구의 얼굴이 자꾸 떠오르는 바람에 학업에 열중
하기가 어렵다. 어떻게든지 사랑하던 지연이를 잡아야겠다는
생각을 한다. 그는 유치하지만 자신이 용돈 모아 그녀에게 선
물한 책이며 책가방 등을 돌려달라고 한다. 윤식은 그녀가 만
날 장소에 나타나면 무릎이라도 꿇을 생각이었다. 여자 친구
는 자기 친구 편에 그것을 보내겠다고 한다. 마음이 다급해
진 윤식은 어떻게 끝맺음을 그딴 식으로 할 수 있느냐며 소리
친다. 그녀는 몰아붙이는 그에게 더 이상 할 말이 없으니 그
만 통화를 끝내자고 한다. 넌 모든 게 지 멋대로 라서 좋겠다.
하지만 그렇게는 안 돼. 이 나쁜 년, 윤식은 결국 눈물을 흘린
다. 밤새워 편지를 쓴다. 그날은 거기까지였다. 하지만 여기
서 생각해 볼 게 있다. 자신은 사과하고 싶고 어떻게든지 교
제가 계속되기를 바란다. 하지만 자신의 생각과는 반대로 최
악으로 변해 버린다. 헤어진 사람한테 자기가 사준 선물을 내

놓으라는 것은 헤어졌으니까 이제 선물을 달라는 것, 그 이상의 의미는 없다. 난 네게 진심으로 사과하고 싶다. 했으면 좋았을 것을, 욕을 하고, 왜 네 멋대로 냐고 따지다니! 허긴 자존심도 세우고 위신도 세우면서 전에 상대에게 가졌던 좋은 감정까지 되돌려 놓으면 좋은데 그게 그렇지가 않다. 나는 윤식에게 한마디 하고 싶다. 그게 사랑하는 사람을 떠나보낼 때 겪는 마음이란다. 거기다가 이 세상에서 가장 슬픈 이별이 이유가 없는 이별이란다. 이런 내용은 어디서나 무수히 일어난다.

안개 때문에 도란거리는 소리만 들리던 두 남자가 이제 그들이 주고받는 말의 내용이 들리는 정도까지 가까워졌다. 하이힐 신은 발걸음으로는 이들을 앞지를 수가 없다. 무덤이 있던 곳이라 신들도 많았던 거 아냐? 하고 속으로 반문한다. 헌데 그들이 대답한다.

"아까 내가 말하지 않았어? 사람은 꿈과 전설이 필요하다니까 그래. 아마도 지금은 신작로라 먼지가 날아서 위생상 좋지 않지. 차가 없으니 불편해서 힘들지. 하지만 힘든 만큼 남다른 추억이 쌓이고 아침마다 맑은 공기마시며 걷잖아. 그게 건강에 얼마나 좋은데, 안 그래?"

"맞는 말이야. 우선 이곳에 들어오면 두려움에 먼저 떨지. 하지만 두려움은 미리 무엇인가를 대비하게 만들지. 그 대신 중고생의 일부는 불안하면 다리를 떨거나 손톱을 물어뜯는 증상에 가까운 짓을 하지. 크면 대부분 없어지는 행동들이야.

뿐만 아니라 그 일이 꼭 나쁘지만은 않다는 뉴스가 나왔어. 다리를 떠는 일은 심장에서 종아리까지 피가 순환하도록 돕는 일이기도 하다더군."

"전에는 산중에 사는 호랑이들이 재를 넘어 산속으로 들어오는 사람들을 잡아먹고 손발톱만을 서랍에 넣어 누가 더 사람을 많이 잡아먹었나를 내기 했다지. 그만큼 어두운 세상에다 길을 내고 밝은 곳을 향하여 걷는다는 것. 그게 우리가 견디고 이겨낸 결과라고 봐. 길은 땅에만 있는 것이 아니고 하늘에도 있고 물에도 있어. 그런 길들은 호랑이가 담배 먹던 때에는 상상도 할 수 없었지."

그들의 말투나 이야기 속에 호랑이가 사람으로 위장한 것 같지는 않았다. 나는 그들에게서 어떤 낌새를 발견이라도 하려는 듯, 뒤를 돌아보았다. 오소소한 소름이 돋는 듯했다. 그들은 나를 해치거나 옛날 도깨비가 빗자루에 불을 붙여 돌렸다거나 했던 해학적인 일은 벌어지지 않았다. 그들은 나를 지나쳐서 앞으로 갔다. 그들은 젊다. 나를 앞지른 그들은 도란거리면서 앞서 멀어져갔다.

"사랑, 그거 참 어려운 일이야. 참 맘대로 되지 않는단 말이야. 맘대로 되지 않아서 사람을 골탕 먹이고 사람을 절망에 빠트리는 바람에 급기야 스스로 목숨을 끊기도 하잖아?"

"네 연애는 어디까지 왔는데?"

"티격태격 할 때도 많지만 곧 결혼할 거야."

"잘 됐다. 얀마, 너라도 결혼으로 유종의 미를 거둬라."

이제 신작로를 벗어나서 아스팔트길로 들어섰다. 출근하는 사람들로 거리는 복잡했고 신호 대기 중인 사람들은 신호등에 파란불이 들어오자 잽싸게 움직였다.

오늘은 미술학원 원생들이 서울시교육위원회에서 주최하는 사생대회에 참가하는 날이었다. 오전 열시까지 대회장에 입장해야 했다. 나는 마음과 몸이 많이 바빴다. 이미 아이들이 문밖에서 기다릴지도 몰랐다. 버스는 더디 오고 버스 기다리는 사람들이 늘어선 줄은 길었다. 나도 그 줄 끝에 가서 섰다. 하이힐 위로 부옇게 올라온 먼지를 주머니에서 꺼낸 가재수건으로 털어내고 하이힐 굽의 흙을 닦았다. 옷매무새를 고치고 미술학원으로 가는 육십오 번 시내버스를 탔다. 사생대회에는 김 선생이 미술학원 차로 사생대회에 참가했다가 그 차로 아이들을 집에까지 데려다 주고 퇴근하기로 했다.

오늘은 대학병원에 가는 날이었다. 지난주에 개인병원에서 대학병원으로 옮겨서 코 치료를 시작했다. 오늘은 시티 촬영 결과를 보는 날이었다. 먼저 체온기를 들고 온 간호사가 정상이라면서 키를 재라고 했다. 그런 후에 대기석에 앉아서 차례를 기다렸다. 최루탄가스 때문일까. 이비인후과 환자가 많았다. 코가 안 좋으니까 기억력도 나쁘고 머리도 아팠다. 십오 분쯤 기다린 뒤에야 의사와 대면했다. 뷰파인더를 보면서 담당의사가 말했다.

"상태가 많이 안 좋군요. 언제부터 이런 증상이 있었죠? 혹시 사시는 곳이 먼지가 많나요? 음식과는 관계없나요? 일테면 그 음식만 먹으면 콧물이 나온다거나 거부반응이 생긴다거나 하는 거 말입니다."

"네. 먼지 많은 곳에서 살아요. 아침이면 유독가스를 뿜어내는 곳에서 살아요. 매운탕을 먹거나 술을 마시면 콧물과 기침이 나요."

의사는 일단 일주일분의 약을 처방해 줬다. 약국에 도착하니 사람들이 많았다. 내 대기번호는 십일 번이었다. 약을 타고 병원을 나왔다. 복도에 혹은 검사실 안에서 대기 중인 사람들을 보면 의사나 약국이나 친절할 수 없겠지만 일하는 사람들의 사무적인 표정과 목소리가 환자들을 무표정하게 만든다.

"로버트가 진료를 하는 것 같지?"

"그러게 말이야. 로버트가 약을 처방하니까 약효가 없는 거라고."

그가 나를 보면서 웃던 생각이 났다.

"저러니까 나는 도시가 싫다고."

형규씨는 투덜대면서 병원을 비난하는 게 아니라 도시를 비난했다.

"약도 제대로 안 먹으면서 뭘 그래?"

"당신도 마찬가지잖아."

"허긴 그래."

그때, 우리 둘은 마주 보고 웃었다. 검은 구름이 몰려왔다. 나는 아이가 엄마 없는 사이에 비를 맞을까봐서 택시요금을 배나 주고 타야했다. 운전기사는 택시요금을 배나 준다는데도 마뜩찮은 얼굴이었다. 메다 요금이 일천이백 원인데 이천사백 원을 지불하기로 했다.

나는 해주의 우산을 들고 유치원에 갔다. 학부모 몇이서 유치원 복도에서 서성였다. 젊은 엄마들은 어린 자식들이 유치원 입학 후, 변화에 대해서 이야기를 주고받았다. 유치원 수업이 끝난 아이들이 우르르 나왔다. 유치원 입구에 서 있던 엄마들이 아이들을 향해서 우르르 현관 쪽으로 몰려갔다. 해주가 보였다.

"엄마."

"응."

해주와 나는 나란히 우산을 쓰고 유치원을 나왔다.

"아빠 미국에서 왔어?"

"아니, 아직 안 오셨어. 아빠 집에 오실 때 해주 선물 사 올 거야. 그치?"

집에 도착한 해주는 밥을 먹고 교회 유치부 학예회가 있다고 내 손을 끌었다. 해주의 팔에 돋은 좁쌀만 한 피부 질환부위에 좀 전에 약국에서 사온 피부연고제를 발라 주고 교회로 갔다. 집에 와서는 내 곁에서 조잘대는 해려와 저녁준비를 했다.

 오늘은 그가 미국에서 오는 날이다.

 부엌 싱크대 옆면에 붙은 거울을 보고 내려온 귀밑머리를
반쯤 뒤로 넘겼다.

사랑한 후에

조경선 지음

발 행 처 · 도서출판 청어
발 행 인 · 이영철
영　　업 · 이동호
홍　　보 · 천성래
기　　획 · 남기환
편　　집 · 방세화
디 자 인 · 이수빈 | 김영은
제작이사 · 공병한
인　　쇄 · 두리터

등　　록 · 1999년 5월 3일
(제321-3210000251001999000063호)

1판 1쇄 발행 · 2020년 11월 10일

주　　소 · 서울특별시 서초구 남부순환로 364길 8-15 동일빌딩 2층
대표전화 · 02-586-0477
팩시밀리 · 0303-0942-0478

홈페이지 · www.chungeobook.com
E-mail · ppi20@hanmail.net
I S B N · 979-11-5860-884-2(03810)

이 도서의 국립중앙도서관 출판시도서목록(CIP)은 서지정보유통지원시스템 홈페이지
(http://seoji.nl.go.kr)와 국가자료공동목록시스템(http://www.nl.go.kr/kolisnet)에서 이용
하실 수 있습니다.(CIP제어번호: CIP2020036612)